台華文對照小說集

槍聲

胡長松◎著

最新一代的台語小說
以及最新的二二八小說
——談胡長松的《燈塔下》和《槍聲》

◎宋澤萊

　　胡長松又要出版他的兩本小說集了，異於他先前所出版的《柴山少年安魂曲》和《骷髏酒吧》兩本長篇小說，現在出版的是短篇小說集。同時除了一兩篇先用北京語寫好再譯成台語之外，絕大部分都先用台語寫好，再附一份北京語翻譯，也就是說，這兩本短篇小說可算是道道地地的台語小說。

　　由於胡長松先前出版長篇小說，所以現在一談到他，大家都認為他只寫長篇，却不知道他在短篇小說上也有很深的造詣，譬如他的短篇〈燈塔下〉就曾經被譯成英文登在外文報紙上，若非這篇小說有過人之處，編者豈有這麼做的道理。我曾注意到他短篇小說的寫法，深覺他的成功之處在於情節的安排，像〈死 e 聲嗽〉這篇小說，他巧妙的運用了魔幻寫實的技法，到最後才讓讀者知道這篇小說一開始，主角已經中槍死亡，以後的情節都是靈魂所編造出來的情節，其編排技術十分奧妙。同時，自他創作以來，所使用的文字就非常明晰簡潔，讀起來很流利，和讀者溝通良好，不管用台語創作也好，北京語創作也罷，都是如此，這就加強了他文章的可讀性和可接受性。可以說閱讀胡長松的小說就是

一種享受。

　　在內容上,《燈塔下》這一本是社會寫實短篇小說,是比較先完成的,計有九篇;《槍聲》這一本則是二二八事件短篇小說,是較後完成的,計有八篇;合起來共計十七篇。寫作的時間合起來有好幾年之久,也就是說寫這些小說是很不容易的,耗時又費盡心力。但是這個數量已經是日治時代小說家賴和小說的總數量了。

　　為什麼胡長松會從社會寫實小說轉向二二八事件小說的寫作呢?原因是有一次我們談到台灣歷史小說的問題,我認為一般的缺點是考證不足,主要的原因還在於文獻不足,無法還原現場,因此小說作者容易任憑己意,隨便書寫,小說的力量就無法顯露出來。同時,我更認為像二二八事件這種小說,大家都盡量採用大敘述,非要將整個事件一筆寫完不可,因此就顯得很制式和教條,好像二二八事件的受害者都只是一個模樣,哪裏會考慮到二二八事件有兩萬人受害,這兩萬人的受害樣式應該是人人都不同才對。因此,胡長松開始詳細收集資料,閱覽、考察各種出土的二二八事件報告和口述,務必要還原事件的眞貌。同時他又是高雄人,高雄本是二二八事件受害最深的地方,所以在小說的地緣上,佔盡優勢,寫起來的故事就不單純只是一個人物故事,而是整個高雄民眾生活環境的描述。他的二二八事件小說叫人大開眼界,放眼當前的二二八小說的作者中,還沒有人曾寫過這麼多的事件以及寫得這麼眞實,這眞是台灣文學的一個美好收穫。

　　胡長松這時出版這兩本台語小說時機也很恰當,目前,台語

的攻堅主力是台語詩，創作的人也很多，要看到台語詩很容易，俯拾即是。獨獨台語小說一直很少，作家更少。現在最迫切的莫過於多幾本台語小說，來彌補失衡的現象，讓更多人有閱讀小說的機會，胡長松的台語小說正可以解除這個缺憾。當前，前一代台語小說寫得最好的人應該是陳雷和蕭麗紅兩人，也是字數較多的兩個作家，這兩個作家的台語傾向了典雅，文字具有古風。胡長松的年紀少了他們一大截，由於台灣社會發達，事務更新，所見萬象比較複雜新穎，因此在語言的使用上更具變化，其中，胡長松大量使用俚語，所用的腔調、語詞更具地方性，這又是他的前輩作家所無的現象，值得注意、珍惜。

　　我要預祝這兩本台語小說出版成功，也期望每個台灣人都來閱讀、研究胡長松的小說。

為愛與和平祈禱
——序《槍聲》

◎胡長松

　　1947 年的二二八事件，台灣民眾死難人數估計在一萬人至三萬人之間，以當時台灣島民六百萬人來計算，死難比例佔六百分之一到二百分之一，是相當駭人的人權事件。為什麼會發生這種事呢？這些人是為什麼而受難呢？他們的面貌如何呢？要怎麼來確保這種事不會再發生呢？長久以來，這些問題盤據在我的心裏。於是，2002 年開始，我和多年來的良師益友宋澤萊先生談及此疑惑，並展開一系列二二八台語小說的寫作計畫，無非是想為自己的問題找到一些初步的線索，並將之展現給讀者。《槍聲》中的作品正是初步的成果。

　　這段時間以來，我零星地閱讀了一些二二八的歷史資料，包含著三個部分：第一，是政府機關的檔案資料，譬如台灣省文獻會、中研院以及國史館的檔案彙編；第二，是學者的論著，譬如史明先生的《台灣人四百年史》、李筱峰先生的《解讀二二八》以及賴澤涵先生主筆的《二二八事件研究報告》等等；第三部分，則是讓我最為受益的事件人物回憶錄及口述歷史。是的，近年來出現在市面的關於二二八的資料，相較於過去是充足許多的，這對我們來理解這整個事件很有幫助。而針對小說創作，我很快地

發現自己最感興趣的部分,是整個事件中的受難者及同時代的台灣小百姓的面貌。我關切著他們的遭遇、他們的處境、他們的情感以及他們的生活真相,這一切在當時的政府檔案中,是完全被忽視的,至於在近代學術的論著中,則僅能概略勾勒,難及細節。我認為這是文學寫作者可以著墨的地方,所以自然而然地,創作的重心也就放在這上頭來。

當然二二八事件的時代背景是頗為複雜的,不過,在至今的寫作過程中,讓我感觸最深的,是當年外省人與台灣本省人之間的史觀差距。譬如對於「日本統治」和「日本人」的看法,外省人和本省人之間的差距有如鴻溝;對於「中國統治」和「中國人」的看法,不用說,那是差距更大的。這個差距是二二八的成因之一,同時,二二八也擴大了這個差距;令人惋惜的是,它至今似乎仍然存在。當前來看,「族群融合」既是台灣各族群普遍追求的價值,那麼,族群間互相理解對方史觀可能就成了一件重要的事。台灣本省族群長期來接受中國化教育,對於外省人史觀不可謂不熟悉;相對來說,外省族群是不是最好也來理解台灣本省人的史觀呢?就這方面來看,我認為認識二二八是一個很好的開始。甚至我認為這是族群融合的最基礎。

正基於此,原文台語的作品翻譯成北京語一併出版,旨在期待自己的創作除了台語族群的讀者外,也能同時供做其他族群的朋友做為參考。

值本書出版之際,中國甫通過「反分裂法」,再次對台灣的和平、民主和安全構成空前的威脅,我願引用本書人物的話語,來

爲島嶼上豐盛的愛與和平的果實祈禱，願慈愛的天父上帝，可以
光照在這個島嶼每一個人的內心，讓被害者得著溫暖，讓加害者
悔改。我祈禱我們所站穩的，是一個和平的島嶼，有上帝的疼愛
成爲我們和我們子孫生命永世的磐石。

　　我深信二二八受難者的遭遇，對這個島嶼的未來不是全無意
義，因爲他們的死難，已經讓我們後來者更加懂得珍惜愛與和平
的果實。

2005/3/26

目次

[台語]

槍　聲

1

　　冷鋒面過境 e 春寒季節，早起拄落過雨，雖然雨已經停，不過氣溫猶誠低。壽山腳 e 看守所是一棟抹紅毛土 e 毷色建築物，四周圍箍一輪懸懸安鐵枝仔 e 圍牆。圍牆內底即面停一台軍用 e 吉普仔車，有一個查甫人徛值車門邊。伊穿西米羅，手骨綁一塊有赤十字記號 e 布條，著急不安 e 眼神投向看守所 e 大門。無外久，彼道門嘎一聲打開，一個青年褪赤腳位內面行出來。穿西米羅 e 查甫人斟酌看，雄雄頓 teN 一下。青年真虛弱，衫褲破糊糊，未輸乞食模樣，行路小可跛跛[pai²]，腳底親像拖萬斤 e 重量。不過，遐確實道是伊塊等 e 人。

　　「正雄君，真正是你，正雄君！」穿西米羅 e 查甫人大聲喝。

　　青年夯頭。

　　「院長！院長！想未夠，啊！」

　　即二個人真激動，殷一下攬做夥，目屎流歸面。

　　這是一九四七年三月初九 e 代誌，彼日位看守所行出來 e 青年，名叫許正雄，25 歲，日本久米留大學醫科博士，戰後轉來台灣，擔任高雄市立病院 e 齒科主任；另外彼個，道是市立病院

[華語]

槍 聲

1

　　冷鋒過境的春寒季節，清晨剛下過雨，雖然雨已經停了，不過氣溫還很低。壽山下的看守所是一棟抹著水泥的灰色建築物，四周圍繞了一圈高高的裝著鐵條的圍牆。圍牆內的這一面停著一輛軍用的吉普車，有一個男人站在車門邊。他穿著西裝，手臂綁一塊有紅十字記號的布條，著急不安的眼神投向看守所的大門。沒多久，那道門嘎一聲打開，一個青年赤著腳從裏頭走出來。穿西裝的男人仔細看，突然遲疑了一下。青年很虛弱，衣褲破破爛爛的，好像乞丐模樣，走路稍跛，腳底像是拖了萬斤的重量。不過，那確實就是他所等的人。

　　「正雄君，真的是你，正雄君！」穿西裝的男人大聲喊著。

　　青年抬頭。

　　「院長！院長！想不到，啊！」

　　這二個人激動著，他們一下子擁抱起來，流了滿臉的淚。

　　這是一九四七年三月九日的事情，那天從看守所走出來的青年，名叫許正雄，25歲，日本久米留大學醫科博士，戰後回來台灣，擔任高雄市立醫院的牙科主任；另外那個，就是市立醫院

e院長蘇山景。

當然，若看眼前e模樣，無人認會出許正雄是一位醫師。

※　　　※　　　※

「我三日前道應該要死……道應該要死啊啦……」

其實拄才，兵仔開門喝名e時，許正雄已經覺悟。因為彼幾日以來，有幾若擺，伊值過度飢餓e半昏迷之中看著兵仔入來將人喊出去，過無外久，道有槍聲位山壁e方向傳過來；逐擺值即個時陣，牢房內道是一片寂靜。每一個人攏將目睭瞌起來，是紀念，嘛是值心肝頭將死者e背景閣唸一遍。「咱互相鬥相共，誰若會使活咧出去，道負責去向咱厝裏e人通報。」這是殷e約束。伊合二十幾個人關值一間小小e牢房，因為牢房傷擠[kheh]，人疊人，伊傷久無振動，歸身軀麻痛。正雄聽著兵仔喝伊e名e時，強強peh未起來。「許桑！」坐值伊邊仔e李阿順幹頭講：「請你會記，值苓仔寮，我e阿娘……」李阿順e目墘澹澹。正雄向伊點[tam³]頭：「會，我會去，假使……」伊無閣講。小小窗仔縫滲入來e窗光，親像是伊生命最後e一束光線，宣布伊e死期夠位……

伊嘴唇咬咧，恬恬綴值兵仔後面行，去夠玄關一塊柴桌仔頭前。一個外省軍官叫伊簽名。外省軍官講：「簽完名，你就可以滾了。」伊起先嘸敢相信，想講是家己聽無啥有北京話，聽嘸對去，所以chhai⁷直直嘸敢振動。「叫你滾，你沒聽見嗎？」邊仔

的院長蘇山景。

　　當然，若看眼前的模樣，沒人認得出許正雄是一位醫師。

　　　　※　　　　　※　　　　　※

　　「我三天前就應該要死……就應該要死了啊……」

　　其實方才，兵仔開門唱名的時候，許正雄已經覺悟。因為那幾天以來，有好幾次，他在過度飢餓的半昏迷之中看見士兵進來喊人出去，過沒多久，就有槍聲從山壁的方向傳過來；每次在這個時候，牢房裏就是一片寂靜。每一個人都將眼睛閉上，是紀念，也是在心底將死者的背景再唸一遍。「我們互相幫忙，誰若能夠活著出去，就負責去向我們家裏的人通報。」這是他們的約定。他和二十幾個人關在一間小小的牢房，因為牢房太擠，人疊人，他太久沒動，全身又麻又痛。正雄聽見士兵喊他的名字時，幾乎爬不起來。「許桑！」坐在他旁邊的李阿順轉頭說：「請你記著，在苓仔寮，我的阿娘……」李阿順的眼眶濕了。正雄向他點頭：「會，我會去，假使……」他沒再講。小小窗縫滲進來的窗戶光線，像是他生命最後的一束光線，宣布他的死期到了……

　　他咬著嘴唇，靜靜跟著士兵走，走到了玄關一張木桌前。一個外省軍官叫他簽名。外省軍官說：「簽完名，你就可以滾了。」他起先不敢相信，以為是自己聽不太懂北京話，聽錯了，所以發愣著不敢動。「叫你滾，你沒聽見嗎？」一旁的士兵抬腳踢他，手指門口的方向，叫他走。這樣，他才真正清醒過來。

e兵仔夯腳給踢，手指門口e方向，叫伊走。安呢，伊才真正清醒過來。

　　──完全想未夠，伊，竟然是牟放出來e人。

　　「正雄君，你咁知影？許參議員伊⋯⋯」蘇院長講。

　　「是，我知⋯⋯」

　　一時間重生e歡喜之情，即刻位許正雄e面消退。伊頭伏低，目屎輪落來。

　　──「正雄郎！」值彼陣槍聲之後，多桑是安呢給喊e。續落⋯⋯

　　正雄干擔想卜緊離開即個所在。

　　蘇院長講，有重要e病人下晡會夠，要緊轉去。「我先送你轉去厝換衫，來，咱道去病院。」

　　蘇院長請正雄坐入車底。正雄e面一時躊躇。嘸知啥物時陣，一個兵仔已經坐入去值軍車e駕駛座，將車發動。

　　「放心啦！」蘇院長講。

　　殷鑽入車後斗。

　　軍車駛出看守所圍牆e鐵門e時，正雄幹頭看，拄落雨了e薄霧罩值壽山山坪e相思林。山頂e烏雲pit一剉[sun⁵]，有微微光線射落來。

　　正雄鼻著家己一身軀焦去e血合屎尿濫濫做夥e味，一陣反腹。

　　「我想，你知影是誰。」蘇院長講。

　　正雄點頭。

——完全想不到，他，竟然是被放出來的人。

「正雄君，你知道嗎？許參議員他……」蘇院長說。

「是，我知道……」

一時間重生的歡喜之情，即刻從許正雄的臉消退。他低下頭，眼淚滾下來。

——「正雄郎！」在那陣槍聲之後，爸爸是這麼喊他的。接著……

正雄只想要快點離開這個地方。

蘇院長說，有重要的病人下午會到，要快回去。「我先送你回家換衣服，之後，我們就去醫院。」

蘇院長請正雄坐進車裏。正雄的臉一時猶豫起來。不知道什麼時候，一個士兵已經坐在軍車的駕駛座，將車發動。

「放心啦！」蘇院長說。

他們鑽入車後。

軍車駛出看守所圍牆的鐵門時，正雄轉頭看，剛下過雨的薄霧罩在壽山山坡的相思林。山頂的烏雲裂一道隙縫，有微微光線射下來。

正雄聞見自己一身乾掉的血和屎尿參雜的味道，一陣反胃。

「我想，你知道是誰。」蘇院長說。

正雄點頭。

沒多久，車駛入鹽埕埔。經過市政府門口時，他的臉貼在窗邊。市政府前的廣場，此刻是一列一列的棺木，排列在四個角落的衛兵的槍下。正雄從喉嚨底輕輕喊一聲：爸爸……

　　無外久，車駛入鹽埕埔。經過市政府門口 e 時，伊 e 面貼值窗仔邊。市政府頭前 e 廣場，即馬是一列一列 e 棺木，排列值四個角落 e 衛兵 e 槍下。正雄位嚨喉底輕輕喝一聲：多桑……

　　　　2

　　蘇院長合正雄轉夠病院 e 時，已經是下晡一點。殷一落車，彼台吉普仔道趒頭離開。

　　市立病院值小圓環北爿三百外米遠 e 路邊，是日本人值戰爭尾聲起 e。當初時，院裏 e 現代設備攏直接位日本配送過來。病院是一棟隘腹深間，二層樓懸 e 白色 khong³-ku-lih 建築物，大門向西，有遮日夯雨 e 白色門廊伸向碰紅毛土 e 前埕。彼時埕前 e 路猶是石頭小路，路 e 對面合遠遠 e 高雄川以及鐵枝路之間，是一大片 e 稻田。三月，稻仔扦播好，青色 e 稻仔栽，值田中央排列加整齊整齊。水田映出壽山 e 山影，有幾隻白鴿鷺歇值田坅。

　　病院 e 門口埕卡早攏停四五台三輪車等卜載人，不過，彼日只存七八個外省兵，圍值角落 e 鳳凰樹腳，握[lak]十八搏徵。殷 phih-pheh 叫，喝加大細聲。

　　「啊！」正雄聽著殷 e 喝聲，心肝頭雄雄 tiuh 一下，親像猶有驚嚇。

　　「正雄，閣有叨無爽快？」

　　「呃……無，無要緊。」

　　許正雄一個人坐值二樓診療室 e 辦公桌，思考即幾工到底發

2

　　蘇院長和正雄回到醫院時，已經是下午一點。他們一下車，
那輛吉普車就轉頭離開。

　　市立醫院在小圓環北邊三百多米遠的路邊，是日本人在戰爭
末期建蓋的。當時，院裏的現代設備都直接從日本配送過來。醫
院是一棟面窄而深，二層樓高的白色混凝土建築物，大門朝西，
有遮日擋雨的白色門廊伸向水泥地的前庭。那時庭前的路還是石
頭小路，路的對面和遠遠的高雄川以及鐵路之間，是一大片的稻
田。三月，稻子剛播好種，青色的稻苗，在田中央排列得整整齊
齊。水田映出壽山的山影，有幾隻白鷺鷥歇在田埂上。

　　醫院的前院以前都停著四五輛三輪車等著載人，不過，那天
只剩七八個外省兵，圍在角落的鳳凰樹下，擲骰子賭博。他們叫
著嚷著，大聲小聲地喝喊。

　　「啊！」正雄聽見他們的喊聲，心頭突然抽了一下，彷彿還有
驚嚇。

　　「正雄，還有哪裏不舒服嗎？」

　　「呃……不，不要緊。」

　　許正雄一個人坐在二樓診療室的辦公桌，思考這幾天到底發
生了什麼事。在一場熱情之後，這個城市忽然間冷靜下來，好似

生啥物代誌。值一場熱情之後，即個城市忽然間冷靜落來，干那之中存在一個巨大 e 斷層，予伊經過即三工牢房 e 烏暗，遂完全未認得。咁嘸是全款？親像即塊桌仔、即條椅仔、抑是伊桌頂 e 紙筆合墨水。一本烏皮燙金字 e 齒科辭典囥值桌頂，彼日伊離開晉前，拄好掀開值某一頁；彼頁插圖有一齒嘴齒，深深插入齒岸，插圖畫出神經合血管 e 分佈。正雄將冊合起來。字典邊仔囥一枝鋼筆，是伊去日本留學晉前，多桑位堀江買來送伊 e，烏色 e 筆身用日本話刻一維金字「正雄郎金榜留念」，字已經褪色。即枝鋼筆一直紮值伊 e 身軀邊。

——「尼桑，咱咁卜轉去？」正雄想起戰爭拄結束 e 時，合伊作夥值日本 e 小弟世雄安呢問伊。「哪會使無轉去，多桑合卡將攏值台灣，哪會使無轉去。而且，啊！這是祖國 e 勝利啊！」正雄想起殷合幾個台灣學生，提紙、提筆、提尺，值無人看見 e 房間偷偷仔學畫青天白日旗 e 光景。

正雄行夠窗邊，病院向南即爿，有幾間日本式 e 烏瓦厝，閣卡遠 e 所在，半烏陰 e 市街路，寂靜中有肅殺之氣。伊聽會著外省兵 e 皮鞋聲，khiak-khiak 叫，有時猶有一聲二聲槍聲，遠遠位某一個方向傳過來。除了夯槍 e 兵仔，路裏無啥物人，更加看無一個少年家，殷干那是 toe³ 前幾日 e 雨水做夥消失去。

「主任，這是彭老夫人 e 病歷。」護士小姐值伊背後講。

「嗯！先囥咧！」

「院長講，她隨時會夠。」

「嗯！我知。」

其中存在一個巨大的斷層，讓他在經過了這三天牢房的黑暗之後，竟完全不認得了。難道有不同嗎？就像這張桌子、這張椅子、或是他桌上的紙筆和墨水。一本黑皮燙金字的齒科辭典放在桌上，那天他離開前，正好掀開在某一頁；那頁插圖有一顆牙齒，深深插入牙齦，插圖畫出神經和血管的分佈。正雄將書合起來。字典旁放了一支鋼筆，是他去日本留學前，爸爸從堀江買來送他的，黑色的筆身用日本話刻一排金字「正雄郎金榜留念」，字已經褪色。這支鋼筆一直帶在他的身邊。

——「哥哥，我們要回去嗎？」正雄想起戰爭剛結束時，和他一起在日本的小弟世雄這麼問他。「怎麼可以不回去，爸爸和媽媽都在台灣，怎麼可以不回去。而且，啊！這是祖國的勝利啊！」正雄想起他們和幾個台灣學生，拿著紙、拿著筆、拿著尺，在無人看見的房間偷偷學畫青天白日旗的光景。

正雄走到窗邊，醫院朝南這面，有幾間日式的黑瓦厝，更遠的地方，半陰沉的街道，寂靜中有肅殺之氣。他聽得見外省兵的皮鞋聲，咯咯響著，有時還有一二聲槍聲，遠遠從某個方向傳過來。除了拿槍的士兵，路裏頭沒什麼人，更看不到一個年輕人，他們彷若隨著前幾天的雨水一起消失了。

「主任，這是彭老夫人的病歷。」護士小姐在他背後說。

「嗯！先放著！」

「院長說，她隨時會到。」

「嗯！我知道。」

正雄走回來坐在椅子上。

正雄行轉來坐落值椅仔。

——「正雄郎！」

多桑 e 面容又閣出現。排山倒海 e 血跡合悲傷位伊眼前嵌落來。

3

可能是因為傷過頭忝，無外久，正雄 e 目睭隨道瞌去。茫茫中，伊親像聽著有人喝伊 e 名。醒過來 e 時，彭老夫人合她 e 新婦已經入來值診療室。殼合平常時全款，攏穿旗袍。

「啊，真失禮。」正雄目睭擂擂咧，用生疏 e 北京語講。

「哪的話，沒干係。」彭老夫人講：「虧你回來了，要不然，我這牙，今晚上可有得受了。」

正雄請她坐上診療椅。彭老夫人將一個珍珠皮包仔交予新婦，坐起哩。邊仔 e 護士過將椅仔放予 the 落來。

「還是，那一顆嗎？」

「大概吧。這牙啊，痛起來可玄，一整張嘴痛得，要說哪一顆也說不準。」

正雄看護士。護士用台語給即句話閣講一擺。彼個護士是大港埔在地人，戰後八參加過黨部婦女會辦 e 國語講習班，聽卡有。

「喔！」正雄講：「這個，很平常。」伊將椅仔頂面 e 診視燈打灼。

正雄看著她頂排第一齒後 chan 蛀加愈深落去，齒岸紅閣

——「正雄郎!」

爸爸的面容再度出現。排山倒海的血跡和悲傷從他眼前崩下
來。

　　　　3

可能是因為太累了,沒多久,正雄的眼睛就閉上了。茫茫之
中,他像是聽見有人喊他的名字。醒來,彭老夫人和他的媳婦已
經進入診療室。她們一如往常,都穿著旗袍。

「啊,真失禮。」正雄揉揉眼睛,用生疏的北京語說。

「哪的話,沒干係。」彭老夫人講:「虧你回來了,要不然,
我這牙,今晚上可有得受了。」

正雄請她坐上診療椅。彭老夫人將一個珍珠皮包交給媳婦,
坐上去。一旁的護士走過去將椅子放躺下來。

「還是,那一顆嗎?」

「大概吧。這牙啊,痛起來可玄,一整張嘴痛得,要說哪一
顆也說不準。」

正雄看護士。護士用台語把這句話再說一次。那個護士是大
港埔在地人,戰後曾參加過黨部婦女會辦的國語講習班,比較聽
得懂。

「喔!」正雄說:「這個,很平常。」他將椅子上的診視燈打
亮。

正雄看著她上排第一顆臼齒蛀得更深了,牙齦又紅又腫。他

腫。伊提出一枝鐵鉗[geNh]值下排對應 e 後 chan 頂面輕輕敲二下。

「唔！痛！就是這兒。」彭老夫人講。

「很痛嗎？」正雄閣敲二下。

「很痛。」

「其實，我敲的這一顆好好的。這是說，您上排的那一顆蛀得很嚴重，所以才牽動底下的大神經。」

「哇！什麼神經？那可怎麼辦？要拔掉嗎？」坐值邊仔 e 彭夫人真緊張安呢問。

正雄閣詳細檢查一下，講：「嗯！不過，要先麻醉。」

伊拜託護士準備麻射，請彭老夫人先漉嘴。

「不會痛吧？」彭夫人閣問。

正雄幹頭看彭夫人。

彭夫人 e 目睭閃開：「我是問你，痛是不痛？」

正雄無講話，親像塊想啥。

護士給手裏 e 麻射交予正雄，正雄將射針夯夠目睭 e 懸度，輕輕仔 sak 一下射筒。退射針閣幼閣長，藥滴滲出一滴二滴。續落，伊將面俠值彭老夫人開開 e 嘴頂懸。

無外久，正雄閣來夠窗邊，伊請彭老夫人小歇睏，等麻射降。伊看著烏雲當塊貼低，干那閣卜落雨；拄才載伊轉來 e 彼台吉普仔，即馬停值病院 e 門口埕。

　　　　※　　　　※　　　　※

拿出一支鐵鉗在下排對應的臼齒上輕輕敲二下。

「唔！痛！就是這兒。」彭老夫人說。

「很痛嗎？」正雄又敲二下。

「很痛。」

「其實，我敲的這一顆好好的。這是說，您上排的那一顆蛀得很嚴重，所以才牽動底下的大神經。」

「哇！什麼神經？那可怎麼辦？要拔掉嗎？」坐在旁邊的彭夫人緊張地這麼問。

正雄又詳細檢查一下，說：「嗯！不過，要先麻醉。」

他拜託護士準備麻醉針，請彭老夫人先漱口。

「不會痛吧？」彭夫人又問。

正雄轉頭看彭夫人。

彭夫人的眼睛閃開：「我是問你，痛是不痛？」

正雄沒講話，像是在想什麼。

護士把手裏的麻醉針交給正雄，正雄將針舉到眼睛的高度，輕輕推一下針筒。那針又細又長，藥滴滲出一滴二滴。接著，他將臉伏在彭老夫人張開的嘴上。

沒多久，正雄又來到窗邊，他請彭老夫人稍歇，等麻醉針退。他看見烏雲正低低貼下來，彷彿又要下雨；剛才載他回來的那輛吉普車，現在停在醫院的門口庭院。

　　　※　　　　　※　　　　　※

「許醫師，令尊的事……我們……我們聽說了，我們很遺憾。可是，無論如何你要記得，你的命可是老夫人救的，這可是救命之恩啊！」彭夫人雄雄安呢講。

正雄幹過來看殷。伊對殷深深一曲躬。

4

「嘸是逐個外省仔攏安呢土雷雷無教養。其實，我相信彭司令是一個講道理 e 人，你要知，伊嘛是留日 e 留學生，合靴土匪仔兵無全。我合伊八吃過飯，我知……」

三月初六彼日，殷透早六點道起床。許參議員體格懸強，穿插整齊：一軀烏色喬仔呢［khio-a-lih］e 厚西米羅，白色 e siat-chuh，領頸打一條暗藍色有幼斜紋 e 領帶，手掛金色 e 手錶，海結仔頭抹油抹加金爍金爍。彼日早起霎微微仔雨，天氣眞冷，正雄猶會記，早頓是卡將煮 e 燒呼呼 e 蕃薯糜，配一尾南文鯽仔，一 phiat 煎卵，一碟醬菜。值桌頂，許參議員交代夫人：「恁查某人，無代誌莫出去。外口亂……」收音機內面，殷聽著閣有某某縣 e 警察局予台灣人收復 e 放送，講話 e 是一個查某囝仔，聲調眞懸，熱切，激動，干那一陣炮仔聲。「莫出去！有聽著否？」夫人 e 面頭結結，點頭。過一下仔，她講：「阿你咧，你，今仔日咁會使莫去？」許參議員講：「泰會使？市長道約好啊，市民大會，無去，泰會使？閣再講，人選我出來做市參議員，當然要出面，若無安呢亂落，卜會收山？」伊要正雄去叫一

「許醫師，令尊的事⋯⋯我們⋯⋯我們聽說了，我們很遺憾。可是，無論如何你要記得，你的命可是老夫人救的，這可是救命之恩啊！」彭夫人突然這麼說。

正雄轉過來看她們。他對她們深深一鞠躬。

4

「不是每個外省人都這麼粗魯沒教養。其實，我相信彭司令是一個講道理的人，你要知道，他也是留日的留學生，和那些土匪兵不同。我曾和他吃過飯，我知道⋯⋯」

三月初六那天，他們一大早六點就起床。許參議員體格高大，穿著整齊：一身黑色毛料的厚西裝，白色的襯衫，脖子打一條暗藍色有細斜紋的領帶，手戴金色的手錶，紳士頭抹油抹得閃閃亮亮。那天一早飄著微雨，天氣很冷，正雄還記得，早餐是媽媽煮的熱呼呼的蕃薯粥，配一尾南洋鯽，一盤煎蛋，一碟醬菜。在桌上，許參議員交代夫人：「妳們女人家，沒事別出去。外面亂⋯⋯」收音機裏，他們聽見又有某某縣的警察局被台灣人收復的廣播，講話的是一個女孩子，聲調很高，熱切，激動，好像一陣鞭炮聲。「別出去！有聽見嗎？」夫人皺著眉頭，點頭。過一下子，她說：「阿你咧，你，今天可以不去嗎？」許參議員說：「怎麼可以？市長就約好了，市民大會，不去，怎麼可以？再說，人家選我出來當市參議員，當然要出面，要不然這麼亂下去，能收拾嗎？」他要正雄去叫一輛三輪車來⋯⋯

台三輪車來……

　　彼日早起八點，各路人馬開始聚集值高雄川邊 e 市政府，有市府官員、市參議員、商漁會代表、青年團、學生隊、記者、市議會糧食組、治安組、揹大刀穿日本軍服 e 南洋戰士、區公所 e 巡邏隊、本省人警察，以及正雄嘛值其中 e 市立病院救護隊。市議會陸續派出公用車輛去各區載議員來開會。聽講前一暝，山腳町 e 電力公司員工夆打死一個，兵仔守值靴，殺無赦，不准任何人偎近壽山，氣氛緊張。正雄夠位 e 時，伊 e 多桑已經值靴。九點，市政府擠加插插插，各方仕紳代表入去值一樓倒爿 e 房間開會，民眾箍值外圍，連窗仔外口都攏徛滿滿 e 人，手夯雨傘，大細聲喝喊。市長黃仲圖要逐家冷靜，伊主張講和。逐家最後決定上山談判。十點，殷將九項結論確定，而且推派七名代表上山，其他 e 人值市政府等消息。各種討論繼續值每一個角落進行……

　　「多桑，lai⁵-giou²-kuh ka？」

　　「我想，lai⁵-giou²-kuh。我八合彭司令吃過飯，我知影，伊出世值讀冊人 e 家庭。伊應當未完全無講道理。尚重要 e，是陳儀嘛再三表示過。」

　　彼時，殷爸仔子道徛值偎高雄川即爿 e 窗邊。位窗仔看出去，州廳橋罩值雨霧之中，河 e 對岸，舊州廳 e 建築化做一道扁扁 e 烏影，閣卡遠 e 港邊，是玫瑰聖母堂尖塔頂 e 十字架。

　　　　※　　　　※　　　　※

　　那天早上八點，各路人馬開始聚集在高雄川邊的市政府，有市府官員、市參議員、商漁會代表、青年團、學生隊、記者、市議會糧食組、治安組、揹大刀穿日本軍服的南洋戰士、區公所的巡邏隊、本省人警察，以及正雄也在其中的市立醫院救護隊。市議會陸續派出公用車輛去各區載議員來開會。聽說前一晚，山腳町的電力公司員工被打死一個，士兵守在那兒，殺無赦，不准任何人靠近壽山，氣氛緊張。正雄到的時候，他的爸爸已經在那裏。九點，市政府擠得水洩不通，各方仕紳代表進去一樓左邊的房間開會，民眾圍在外圍，連窗外都站滿滿的人，手拿雨傘，大小聲喝喊著。市長黃仲圖要大家冷靜，他主張講和。大家最後決定上山談判。十點，他們將九項結論確定，而且推派七名代表上山，其他的人在市政府等消息。各種討論繼續在每一個角落進行……

　　「爸爸，沒問題吧？」

　　「我想，沒問題。我曾和彭司令吃過飯，我知道，他是讀書人家庭出生。他應當不會完全不講道理。最重要的，是陳儀也再三表示過。」

　　當時，他們父子就倚在靠高雄川這頭的窗邊。從窗戶看出去，州廳橋罩在雨霧之中，河的對岸，舊州廳的建築化成一道扁扁的黑影，再遠處的港邊，是玫瑰聖母堂尖塔頂的十字架。

　　　※　　　　　※　　　　　※

　　彭老夫人目睭眍眍，塊歇睏。正雄斟酌給看，確實，是有修養 e 家庭才會有 e 氣質。她穿一軀淺米黃色、箍青色邊 e 素面旗袍，整齊、清氣、嫻靜，面妝打薄薄仔，目眉畫加真幼秀。她 e 面容有年歲 e 皺痕，不過，遮 e 皺痕親像塊向人提醒她 e 智慧合慈悲，是一個經過苦難 e 溫柔 e 老母親才有 e ──無人看會出來她是一個殺人兇手 e 母親。

　　正雄請護士準備冰角來。

　　彭夫人親像小可失去耐性，坐坐咧徛起來，值房間內底行來行去，四界看。

　　「還要幾多時？」

　　「啊？」

　　「我是說，天黑前可以做好嗎？」

　　嘸知是安怎，對即個少婦，正雄總是感覺真討厭。她一身珠光寶氣，穿一軀大紅親像卜出嫁 e 查某囝仔所穿 e 旗袍，有金金 e 水晶珠，胭脂合踫甲油攏擦加厚厚厚，芳水噴閣卡厚，領頸掛一條成斤 e 金鍊。

　　「您們，也要煩惱戒嚴嗎？」

　　「不。可天黑了就不好。還要回山上⋯⋯」

　　「夫人，只是拔一顆牙齒，實際上很快的。我想妳知道。現在，」正雄夯頭看壁上 e 時鐘：「現在，是三點鐘而已。」

　　即時陣，一聲槍聲又閣位圓環彼面傳來。

　　正雄發現彭夫人有不安 e 表情。嘸知當時，田彼爿 e 田蛤仔，已經開始叫起來。

　　彭老夫人眼睛閉上，在休息。正雄仔細看她，確實，是有修養的家庭才會有的氣質。她穿一身淺米黃色、滾青色邊的素面旗袍，整齊、乾淨、嫻靜，臉上的妝打得很薄，眉毛畫得很細膩。她的臉上有年歲的皺紋，不過，這些皺紋像是在向人提醒她的智慧和慈悲，是一個經過苦難的溫柔的老母親才有的──沒人看得出她是一個殺人兇手的母親。

　　正雄請護士準備冰塊來。

　　彭夫人像是稍微失去耐性了，坐一下就站起來，在房間內走來走去，四處看。

　　「還要幾多時？」

　　「啊？」

　　「我是說，天黑前可以做好嗎？」

　　不知道為什麼，對這個少婦，正雄總是感覺討厭。她一身珠光寶氣，穿一身大紅像是要出嫁的女孩所穿的旗袍，有亮亮的水晶珠子，胭脂和指甲油都塗得很厚，香水擦得更是厚，脖子上掛一條上斤重的金鍊子。

　　「您們，也要煩惱戒嚴嗎？」

　　「不。可天黑了就不好。還要回山上……」

　　「夫人，只是拔一顆牙齒，實際上很快的。我想妳知道。現在，」正雄抬頭看牆上的時鐘：「現在，是三點鐘而已。」

　　這時候，一聲槍聲又從圓環那頭傳來。

　　正雄發現彭夫人有不安的表情。不知何時，田那邊的青蛙，已經開始叫起來了。

　　　　※　　　　　※　　　　　※

　　「唉，講著靴土匪仔兵……若知安呢，當初時，道叫恁莫轉來，我一想著恁小弟世雄閣值台北，也嘸知……」

　　「多桑，放心啦！世雄初三打一通電報來病院予我，講伊隨道轉來。今仔日應該道會夠。」

　　「嘸過，我聽講，火車干擔駛夠岡山。」

　　「多桑！世雄已經是一個查甫子，你嘸免煩惱。」

　　「正雄郎！多桑給你交代。設使多桑有不測，厝裏 e 責任……」

　　「未啦！多桑！你拄才嘸是講 lai⁵-giou²-kuh ka？」

　　「正雄郎！你要答應我，道算是失去一切，嘛要存一條命活落去！」

　　　　※　　　　　※　　　　　※

　　「許醫師，你能告訴我嗎？到底，是爲什麼呢？爲什麼你們本省同胞，對祖國就是一點感情也沒有呢？就非得把事情搞到這個局面呢？那幾天，多嚇人啊！你們見到我們就打。你說，我們虧待過你們嗎？難道你們甘願當那些日本狗的……」

　　「麗華！」即時彭老夫人目睭展開，揚手，意思叫彭夫人莫閣講。「別不識大體！」老夫人保持她嫻靜、慈悲 e 表情：「許參議

　　※　　　　　※　　　　　　※

　　「唉，說到那些土匪兵……若知如此，當初，就叫你們別回來，我一想到你弟弟世雄還在台北，也不知道……」

　　「爸爸，放心啦！世雄初三打一通電報來醫院給我，說他馬上就回來。今天應該就會到。」

　　「不過，我聽說，火車只開到岡山。」

　　「爸爸！世雄已經是一個男子漢，你不必煩惱。」

　　「正雄郎！爸爸交代你。如果爸爸有不測，家裏的責任……」

　　「不會啦！爸爸！你剛才不是說沒問題嗎？」

　　「正雄郎！你要答應我，就算是失去一切，也要留一條命活下去！」

　　　　※　　　　　※　　　　　　※

　　「許醫師，你能告訴我嗎？到底，是爲什麼呢？爲什麼你們本省同胞，對祖國就是一點感情也沒有呢？就非得把事情搞到這個局面呢？那幾天，多嚇人啊！你們見到我們就打。你說，我們虐待過你們嗎？難道你們甘願當那些日本狗的……」

　　「麗華！」這時彭老夫人眼睛張開，揮手，意思叫彭夫人別再說。「別不識大體！」老夫人保持她嫻靜、慈悲的表情：「許參議員是個好人。」她將頭轉向正雄這邊：「許醫師，希望你諒解。我

員是個好人。」她將頭幹過正雄即片:「許醫師,希望你諒解。我
們是經歷過大苦難的人。保衛國家社會安定,是軍人的責任。我
們都知道,槍和子彈,是辯不出好人壞人的。我們,只能爲令尊
的事感到遺憾。你還有什麼需要我幫你的嗎?」

正雄搖頭,伊繼續看窗外。一陣風吹過,鳳凰樹幼幼 e 樹
葉,隨風旋轉,飄過來一瓣一瓣落值窗台頂面。

護士將冰角提來。正雄行向彭老夫人。彭老夫人對伊微笑。

「我看,是麻醉得差不多了。你瞧我,一張嘴都快說不清
囉!好罷!我把我的牙兒交給你了。」

5

彭老夫人 e 齒根,評[pheng⁷]正雄料想 e 閣卡堅固。伊請
護士用壓舌板將她 e 舌 teh 咧固定,家己將二枝鐵鉗伸入她開開
e 嘴,出眞大 e 力。彭老夫人手握按按,面開始扭曲,血水位齒
岸霧出來。一陣血 e 腥[chho]味蒸入正雄 e 鼻孔⋯⋯

※　　　※　　　※

「我去問看便當來未?」十二點左右,許參議員閣拄著正雄,
伊給講:「你小等我。」

才一幹身,道聽見外面 e 街路乒乒乓乓。有人講:「彈
[toaN⁷]槍啊!彈槍啊!」值倒片側門入來 e 走廊,每一個人攏
向內底走,正門嘛有人闖入來,喝喊:「緊走!對面,位憲兵隊

們是經歷過大苦難的人。保衛國家社會安定，是軍人的責任。我們都知道，槍和子彈，是辯不出好人壞人的。我們，只能為令尊的事感到遺憾。你還有什麼需要我幫你的嘛？」

正雄搖頭，他繼續看窗外。一陣風吹過，鳳凰樹細小的樹葉，隨風旋轉，飄過來一瓣瓣落在窗台上。

護士將冰塊拿來。正雄走向彭老夫人。彭老夫人對他微笑。

「我看，是麻醉得差不多了。你瞧我，一張嘴都快說不清囉！好罷！我把我的牙兒交給你了。」

　　　　5

彭老夫人的牙根，比正雄料想的更堅固。他請護士用壓舌板將她的舌頭壓著固定，自己將二支鐵鉗伸入她張開的嘴，使了很大的力。彭老夫人手握緊，臉開始扭曲，血水從牙齦噴出來。一陣血的腥味衝進正雄的鼻孔……

　　　※　　　　　※　　　　　※

「我去問看便當來了沒？」十二點左右，許參議員又遇上正雄，他告訴他：「你等我一下。」

才一轉身，就聽見外面的街道乒乒乓乓。有人說：「開槍了！開槍了！」在左側門進來的走廊，每個人都向內跑，正門也有人衝進來，喝喊著：「快走！對面，從憲兵隊那邊，士兵也攻

彼爿，兵仔嘛攻過來啊，緊啦！走啦！」許參議員喝一聲：
「歹！」將正雄 e 手牽咧，卜位正爿俙高雄川即面 e 側門出去。
「啪啪啪啪！」「咻！咻！咻！」千萬粒槍籽飛入來。有人隨趴值土
腳，有人走向地下室防空壕，有人已經著槍倒落。殷爸仔子闖出
正爿側門。想未夠，兵仔已經值州廳橋腳靴等殷，才閣走二步，
值頭前 e 許參議員道著槍。「多桑！多桑！」

「啊！」許參議員斡頭喝一聲：「正雄郎！」伊目睭展大，揚
手，意思叫正雄匿落伊 e 身軀下面。

「多桑！多桑！」

許參議員值牆邊跪落來，懸強 e 身軀攏是血，後一秒，趴
落，用伊合伊 e 血，將伊 e 後生嵌咧。

——多桑！正雄 e 目屎箍值目墘。

　　※　　　　　※　　　　　※

伊將挽落來 e 嘴齒囥入一個玻璃皿甌，閣來，行過水道頭靴
洗手。

「老夫人，請漱個口。」護士小姐講。

「這麼多血！嚇人哪！」彭夫人看大家漉嘴 e 時，安呢講。

護士小姐用彼袋冰角替彭老夫人止血。

老夫人講：「許醫師！成了嗎？」

「是的！」

「那該什麼時候來安上義齒呢？」

過來了，快啦！走啦！」許參議員喊了一聲：「糟！」將正雄的手
牽著，要往右邊靠近高雄川這頭的側門出去。「啪啪啪啪！」
「咻！咻！咻！」千萬顆子彈飛進來。有人馬上趴在地上，有人跑
向地下室防空壕，有人已經中槍倒下。他們父子快跑出右邊側
門。想不到，士兵已經在州廳橋下那裏等著他們，才又跑二步，
在前的許參議員就中槍了。「爸爸！爸爸！」

「啊！」許參議員轉頭喊了一聲：「正雄郎！」他眼睛睜大，揮
手，意思要正雄躲到他的身體下面。

「爸爸！爸爸！」

許參議員在牆邊跪下來，高大的身體滿是血，下一秒，趴
下，用他和他的血，將他的兒子掩蓋住。

——爸爸！正雄的眼淚在眼眶打轉。

※　　　　※　　　　※

他將拔下來的牙齒放入一個玻璃甌皿，之後，走到水龍頭那
兒洗手。

「老夫人，請漱個口。」護士小姐說。

「這麼多血！嚇人哪！」彭夫人看婆婆漱口時，這麼說。

護士小姐用那一袋冰塊替彭老夫人止血。

老夫人說：「許醫師！成了嗎？」

「是的！」

「那該什麼時候來安上義齒呢？」

正雄看護士。

護士講：「啥物時陣要來 tau³ 假嘴齒？」

「喔！過幾天。」

「真是謝謝你啊！許醫師！」

「不必客氣。」

護士將診療椅扶予正，牽彭老夫人行落來。

彭老夫人保持她一貫慈悲、嫻靜 e 面容。微笑。

6

彼陣雨，最後嘛是落落來。雨聲嵌值城市 e 每一個小角落。

　　　※　　　　　※　　　　　※

正雄合蘇院長送彭老夫人殷夠病院門口，坐上彼台吉普仔車。四箍輪轉 e 兵仔歕嗶仔集合，向殷行禮。

伊想卜問：恁咁知影？殷，用槍尾刀，刺入靽遍地 e 死去合半死 e 人 e 身軀，一刀一刀——嘸過伊無問。

伊想卜問：恁咁知影？殷，將靽死者 e 物件，撋起來，袋入殷膨膨 e 衲袋仔，一件一件——嘸過伊無問。

伊想卜問：恁，經過大苦難 e 人，咁八看過人民予家己 e 國家軍隊打加醬糊糊 e 土地？

——嘸過伊，無問。

車駛出去 e 時，正雄夗頭，目光，消失值雨中遠遠壽山 e 墨

正雄看護士。

護士說：「什麼時候要來裝假牙？」

「喔！過幾天。」

「真是謝謝你啊！許醫師！」

「不必客氣。」

護士將診療椅扶正，牽著彭老夫人走下來。

彭老夫人保持她一貫慈悲、嫻靜的面容。微笑。

　　　　6

那陣雨，最後還是落下了。雨聲蓋在城市的每一個小角落。

　　※　　　　　※　　　　　※

正雄和蘇院長送彭老夫人她們到醫院門口，坐上那輛吉普車。四周圍的士兵吹哨集合，向她們行禮。

他想要問：妳們知道嗎？他們，用刺刀，刺入那些遍地的死去和半死的人的身體，一刀一刀——不過他沒問。

他想要問：妳們知道嗎？他們，將那些死者的東西，拿起來，放進他們漲鼓鼓的口袋，一件一件——不過他沒問。

他想要問：妳們，經過大苦難的人，可曾見過人民被自己的國家軍隊打成醬般模糊的土地？

——不過他，沒問。

車開出去的時候，正雄抬頭，目光，消失在雨中遠遠壽山的

綠色 e 暗影。

　　嘸知安怎，伊想起彼條囡仔時代 e 日本歌，遐是伊 e 多桑取 [chhoa⁷] 殷去山頂神社蹉跎 e 路裏教殷 e。伊細聲仔唸起來：「春天 e 腳步夠位，咱行值溪邊，滿山 e 櫻花予夕陽染紅，啊，美麗黃昏 e 光輝……」

——2002.5.1～2002.5.26　初稿修正
2002/6/10　校正

墨綠色的暗影。

　　不知道爲什麼，他想起那首童年時代的日本歌，那是他的爸爸帶他們到山頂神社玩耍的路上敎他們的。他小聲地唱起來：「春天的腳步到了，我們走在溪邊，滿山的櫻花被夕陽染紅，啊，美麗黃昏的光輝……」

——2002.5.1～2002.5.26　初稿修正
2002/6/10　校正

[台語]

金舖血案

1

鹽埕埔 e 玉寶山金舖，值大仁路 e 大舞台戲院邊，偎近大溝 e 三角窗，彼條街仔有未少賣高級品 e 店面，包括金舖、目鏡店、鐘錶相機店，一色是二樓懸、大正風格 e 清水紅磚厝。西爿路尾，大舞台戲院對面有一個大菜市；東爿是專門賣進口貨 e 商場堀江；斡角卡過 e「五層樓仔」，日本時代扯起好 e 時道有流籠，是高雄 e 第一間百貨公司，嘛是尚鬧熱 e 市中心。平常時仔即附近 e 人插插插。日時，菜擔、麵擔、賣涼水小吃 e、少年家、家庭主婦、歐里桑歐巴桑、囝仔、看電影 e 人客．腳踏車、三輪車，位菜市即爿一路 thoaN³ 夠堀江去；暗時，夜燈熠熠，洋裝打扮 e 少婦來來去去，穿西米羅 e 紳士，手牽歸身軀芳貢貢 e 姑娘仔，值路頂踅街散步。殷其中足濟是玉寶山 e 主顧。

玉寶山 e 頭家劉興國，高雄在地人，四個兄弟，伊排尚細漢。伊早期八滯過水利會，然後去夠台中 e 寶珍金舖學打金仔，戰爭尾期，日本政府實施「金統制」，寶珍金舖收起來，劉興國合厝裏 e 人疏開去斗六，直夠戰爭結束，轉來故鄉，家己開一間金舖，道是玉寶山。

[華語]

金舖血案

1

　　鹽埕埔的玉寶山金舖，在大仁路的大舞台戲院邊，靠近大水溝的三角窗。那條街有不少賣高級品的店面，包括金舖、眼鏡行、鐘錶相機店，一色是二層樓高、大正風格的清水紅磚厝。西邊路底，大舞台戲院對面有一個大菜市場；而東邊是專門賣進口貨的商場堀江；轉角再過去一點的「五層樓仔」，在日本時代剛蓋好的時候就有昇降梯，是高雄的第一間百貨公司，也是最熱鬧的市中心。平常這附近的人潮濟濟。白天時候，菜攤、麵攤、賣涼水小吃的、年輕小伙子、家庭主婦、歐里桑歐巴桑、小孩子、看電影的人們、腳踏車、三輪車，從菜市場這邊一路綿延到堀江去；夜晚時候，夜燈熠熠，洋裝打扮的少婦們來來往往，還有穿著西裝的紳士們，手牽著全身芳香的姑娘們，在街道上閒晃散步。他們其中有許多是玉寶山的主顧。

　　玉寶山的老闆劉興國，高雄在地人，四個兄弟中，他排行最小。他早期曾待過水利會，然後去到台中的寶珍金舖學著打製金飾，戰爭末期，因為日本政府實施「金統制」，寶珍金舖只好關門。劉興國和家裏的人疏開到斗六去，直到戰爭結束，他回來故

一九四七年三月初六，伊死 e 時是三十九歲。

　　　2

「開門！開門！」

劉興國 e 大漢查某子彩玉猶會記，代誌發生了後 e 幾若工，雜雜踏踏 e 車聲合軍靴 e 聲，再一次聚集值殷厝門腳口，阿榮市彼爿 e 路邊，干那閣有榮擔予兵仔踢倒，乓乓乓乓；濟濟人底喝喊走闖，道親像是彼個卜暗時仔。

有厝邊大聲咻喊：「阿秀仔！彩玉仔！開門啦！緊開門啦！」

阿秀是彩玉 e 叔伯大姊，是她大伯 e 查某子，大她七歲，值高雄吃頭路，暫滯值殷厝。殷聽著聲，真緊張將門打開，想未夠，三四個憲兵押一個兵仔闖入來。彩玉驚一下。即個兵仔，道是前二工她值麵擔看著 e 彼個。

即馬，伊 e 雙手予鐵線絞縛值後面，一粒頭點[tam³]咧點咧，面紅絳絳，干那酒飲濟，醉加足厲害。憲兵踢伊 e 腳腿，叫伊跪落。「頭抬起來！」一個憲兵大聲喝。不過，伊 e 頭愈點愈低。「他媽的我叫你頭抬起來！」憲兵給搧二個嘴 phoe²，一手將伊 e 領仔頸扻咧，一手位下頦將伊 e 面托[thuh]懸。她看著伊嘴鬚邊 e 彼縒傷則[khi⁷]。即個兵仔目睭瞇瞇，目睭皮垂腫垂腫。憲兵將頭撇過來問她：「妳說，是不是他？」

二日前，彩玉值醫生館對面 e 麵擔吃麵，阿伊扶好坐值彩玉 e 面前彼桌，伊嘛底吃麵。伊體格大箍大箍，面肉是褐色 e，膨

鄉，便自己開起一間金舖，正是玉寶山。

　　一九四七年三月六日，他死的時候是三十九歲。

　　　　2

　　「開門！開門！」

　　劉興國的大女兒彩玉還記得，事情發生後的幾天，雜雜踏踏的車聲和軍靴的響聲，再一次聚集在他們家門口，至於菜市場那頭的路旁邊，彷彿還有菜攤子被士兵踢倒，乒乒乓乓地響著；許多人呼喊奔走，就如同那個黃昏。

　　有鄰居大聲叫嚷：「阿秀仔！彩玉仔！開門啦！快開門啦！」

　　阿秀是彩玉的堂姊，是她大伯的女兒，長她七歲，在高雄工作，暫住在她們家。她們聽見聲音，緊張地將門打開，想不到，三四個憲兵押著一個士兵闖進來。彩玉嚇了一跳。這個士兵，正是前二天她在麵攤看到的那個。

　　此刻，他的雙手被鐵線絞縛在背後，腦袋瓜點晃點晃著，臉頰緋紅，好像酒喝多了，醉得厲害。憲兵踢他的腿，叫他跪下。「頭抬起來！」一個憲兵大聲喊著。不過，他的頭愈點愈低。「他媽的我叫你頭抬起來！」憲兵打了他二個巴掌，一手扠著他的脖子，一手從下巴將他的臉部托高。她看見了他鬢鬚旁邊的那道傷痕。這個士兵眼睛閉上，眼皮垂腫著。之後憲兵將頭撇過來問她：「妳說，是不是他？」

　　二天前，彩玉在診所對面的麵攤吃麵，而他正好就坐在彩玉前面的一桌，他也在吃麵。他體格肥胖，有褐色的臉，漲著有如

膨親像一塊肉餅。伊倒月嘴鬚邊有一縋傷則[khi⁷]。尙重要 e，是有全款 e 兵號繡值伊 e 兵仔衫。伊家己一個人，伊無講話。即個兵仔麵吃了俺起來道離開，彩玉足想卜追去，嘸過伊有槍，啊，伊有一枝長長 e 槍，她外呢驚嚇。她俛面，目屎輪落來，答答滴值麵湯裏。她一嘴道吃未落。當彩玉頭閣夯起來 e 時，伊已經消失值路口。後來，彩玉未記家己是安怎行去夠彼間紅瓦派出所 e，她給值班 e 警員講，她卜報案。彼時她干擔 14 歲，值班 e 警員認爲她底滾損笑。警員是台灣人，好心叫她緊轉去。不過她講：我是大溝邊玉寶山金舖 e 查某子，我有看著一個兇手，我卜報案。安呢，一大群警察道籠倿來。其中一個提出紙筆，將她講 e 記落來——

——咁眞正是伊？

其實，彩玉對殷 e 面無印象。彼個黃昏，殷闖入來 e 時是戴軍帽，面用瓜笠巾仔掩起來，干擔現出二蕾目睭，阿她唯一會凍做 e，只不過是將其中一個人胸仔口 e 兵號記牢咧。彼時她親像是一個失去魂魄 e 人，干擔會記 e 彼縮數字，其他 e 代誌，其實她夠 hin² 猶攏無瞭解。

彩玉退二步。阿秀姊揪她 e 手：「彩玉！妳講啊，咁是伊？」彼個兵仔打開目睭，用悲哀 e 眼神看殷，然後閣將面垂落來。黃昏 e 光線照值路頂 e 壅埃，彩玉看著另外有幾若個夯長槍 e 兵仔俺值門外口，殷 e 身軀親像予發金 e 砂質空氣包圍起來。有未少厝邊遠遠擠值路對面彼排樓仔厝 e 亭仔腳，嘛有人匿值電火柱 e 陰影裏。

一塊肉餅似的。在他左臉頰的鬍鬚旁邊，有一道傷痕。最重要的，是有同樣的兵籍號碼繡在他的軍服上。他自己一個人，他沒有說話。這個士兵吃完了麵起身就離開，彩玉很想追上去，不過他有槍，啊，他有一支長長的槍，她多麼害怕啊。她偎著面，眼淚滾下來，答答地滴落在麵湯裏。她一口也吃不下。當彩玉再抬起頭的時候，他已經消失在路口。後來，彩玉忘記自己是怎麼走到那紅瓦派出所去的，她告訴值班的警員說，她要報案。那時她只有 14 歲，值班的警員認為她在開玩笑。警員是台灣人，好心叫她快回家。不過她說：我是大溝邊玉寶山金舖的女兒，我看到了一個兇手，我要報案。這樣，一大群警察就圍攏過來。其中一個拿出紙筆，將她講的記下來——

——可真正是他？

其實，彩玉對他們的臉是沒有印象了。那個黃昏，他們闖進來時戴著軍帽，臉用斗笠巾子遮掩著，只露出一雙眼睛，而她唯一能做的，只不過是將其中一個人胸口的兵籍號記牢而已。當時她就像是一個失去魂魄的人，只記得那一串數字，其他的事，其實她至今仍不瞭解。

彩玉退二步。阿秀姊拉拉她的手：「彩玉！妳講啊，可是他？」那個士兵睜開眼，用悲哀的眼神看著她們，之後又將臉垂下。黃昏的光線照著路面的塵埃，彩玉看見另外有幾個舉著長槍的士兵站在門外，他們的身軀彷彿被泛金色的砂質空氣包裹起來。有不少街坊遠遠擠在路對面那排樓房的騎樓下，也有人藏在電線桿的陰影中。

拄才四界喝喊 e 街路，即馬外呢安靜。

靴憲兵凝目睭，講：「妳看到的，是他嗎？」

「彩玉！妳講啊！」阿秀姊 e 聲音小可底搐：「妳緊講啊！」

「阿姊！我⋯⋯嘸知咁是⋯⋯」彩玉細聲講。

「妳講啥？妳講，咁嘸是伊？」

「是啦，阿姊，是伊啦，我值麵擔看著 e，是伊⋯⋯是伊對啦⋯⋯阿嘸過⋯⋯」

「是伊就給大人講啊！嘸過啥？」

「嘸過彼時陣，殷 e 面掩咧，我驚⋯⋯我咁會記嘸對去⋯⋯」

「未啦！彩玉，妳莫驚。妳只要給大人講，伊，咁是彼工妳看著 e 人？」

「囉唆啥呀！一句話！是，或者不是？」憲兵閣開嘴講，即擺口氣真歹：「要不，就辦妳們誣告，槍斃妳們！」

「長官，饒命啊！」阿秀跪落來，斡頭看彩玉：「緊啦！」

彩玉給彼個兵仔胸仔口 e 兵號閣唸一遍⋯⋯

——咁真正是伊？

3

1947 年 e 三月初一，殷道位收音機聽著前一暝發生值台北大稻埕 e 代誌。

初三盈暗，吃錢官警察局長童葆昭 e 烏頭仔車，值鹽埕壽星戲院對面 e「新高雄酒家」夆燒去；高雄 e 街仔路出現趕走阿山 e

方才四處呼喊的街道，此刻是多麼安靜。

那些憲兵瞪著雙眼，說：「妳看到的，是他嗎？」

「彩玉！妳講啊！」阿秀姊的聲音些微顫著：「妳快講啊！」

「阿姊！我……不知道是不是……」彩玉小聲地說。

「妳講啥？妳講，可不是他？」

「是啦，阿姊，是他啦，我在麵攤看到的，是他……是他對
啦……不過……」

「是他就給大人講啊！不過什麼？」

「不過那時，他們的臉掩著，我怕……我怕會不會記錯
了……」

「不會啦！彩玉，妳別怕。妳只要給大人講，他，可是那天
妳看見的人？」

「囉唆啥呀！一句話！是，或者不是？」憲兵又開口了，這次
口氣很兇：「要不，就辦妳們誣告，槍斃妳們！」

「長官，饒命啊！」阿秀跪下來，轉頭看彩玉：「快啦！」

彩玉又唸一遍那個士兵胸口的兵籍號碼……

——可真正是他？

　　3

一九四七年的三月初一，他們就從收音機聽到前一晚發生在
台北大稻埕的事。

初三晚上，吃錢官警察局長童葆昭的黑頭座車，在鹽埕壽星
戲院對面的「新高雄酒家」被燒掉；高雄的街道出現趕走阿山的口

口號。

初四，開始有槍聲，栞市仔頭議論紛紛：聽講有少年家仔予憲兵打死值火車站前，包括警察在內 e 外省政府官員，已經走匿去壽山合西子灣；學生值省中集合；市政府合市參議會組成處理委員會；市區 e 治安開始由市府以及各區公所台灣人組成 e 治安隊、學生服務隊、青年團來維持。

初五，拄吃暗飽，玉寶山隔壁「誠德鐘錶行」e 大箍老闆楊昌德道雄雄狂狂闖入來，嘴裏直直嚷：「國仔國仔國仔！」

「安怎？」值櫃檯，劉興國頭夯起來，手將伊 e 烏框目鏡托[thuh]一下。

「夭壽，歸條鼓山路封起來，聽講有電力公司 e 員工予靴土匪仔兵打死值陸橋腳，野鹿！人是卜去公司呢！遂安呢值路裏給人彈死！」

「哦！」

「野鹿！莫怪有人講卜放火燒山。」

「誰？無智識。燒未去啦！即二日仔遮濕。」

「嗯，我給你講，你莫無要無緊，山頂靴土匪早慢會打落來。」

劉興國講：「打落來道打落來，我無做歹，驚啥？」

「哦你實在喔！你夆糟蹋未驚呢？靴土匪！」

楊老闆閣講起頂個月，兵仔入去伊 e 店買手錶無卜納錢 e 代誌。

「驚閣會凍安怎？金仔攬咧走呢？」

號。

初四，開始有槍聲，菜市場邊議論紛紛：聽說有年輕人被憲兵打死在火車站前，包括警察在內的外省政府官員，已經走避到壽山和西子灣；學生在省中集合；市政府和市參議會組成處理委員會；市區的治安開始由市府以及各區公所台灣人組成的治安隊、學生服務隊、青年團來維持。

初五，剛吃完晚飯，玉寶山隔壁「誠德鐘錶行」的胖子老闆楊昌德就莽莽撞撞闖了進來，嘴裏直嚷著：「國仔國仔國仔！」

「怎樣？」在櫃檯，劉興國抬起頭，一手將黑框眼鏡托了一下。

「夭壽，整條鼓山路都封起來，聽說有電力公司的員工被那些土匪兵打死在陸橋下，野鹿！人家是要去公司呢！就這樣在路上將人打死！」

「哦！」

「野鹿！難怪有人說要放火燒山。」

「誰？沒知識。燒不掉啦！這二天這麼濕。」

「嗯，我告訴你，你不要一副沒事的樣子，山上那些土匪早晚要打下來。」

劉興國說：「打下來就打下來，我沒做壞事，怕啥？」

「哦你實在喔！你被欺負不怕的呢？那些土匪！」

楊老闆又講起上個月，士兵到他店裏買手錶卻不付錢的事。

「怕又能怎麼樣？黃金抱著跑嗎？」

楊老闆走後，劉興國歎了一口氣，轉頭問他的牽手：「彩雲

　　楊老闆走了後，劉興國吐一個大氣，斡頭問伊 e 牽手：「彩雲殷，身軀 e 錢紮有夠否？即擺去夠斗六，嘸知閣卜給阿嫂殷雜造外久？」

　　「有啦！我寄順仔二三十箍咧！」

　　「哦！安呢大約有夠。」

　　伊起身，穿伊 e 木屐，「屐屐屐！」款款仔行夠門口，彼時，彩玉恬恬坐值彼扇有四角格仔 e 柴門邊。

　　「阿玉仔，妳會驚否？」

　　彩玉定目看對面樓厝 e 厝頂，暗雲當底罩低。路裏，有少年家仔揹刀底巡邏，以之外，無啥物人。她搖頭。

　　劉興國輕輕搭一下她 e 肩胛頭，然後，伊叫彩玉將柴門 thoah 起來。

　　　　※　　　　　※　　　　　※

　　「妳猶嘸睏？」

　　「唉！」

　　「是安怎？」

　　「國仔！你咁有想過，如果你若⋯⋯唉，我嘸知，即二工我 e 心肝窟仔 chhiak-chhiak 叫。若準講愈亂起來⋯⋯」

　　「未啦！咱這紅磚仔厝，莫出門道好，槍籽打未入來。莫聽楊 e 烏白講。」

　　「我講眞 e，咱卜來去斗六匿一暫否？」

她們,身上帶的錢夠嗎?這回去斗六,不知又要打擾阿嫂他們多
久?」

「有啦!我託付順仔二三十塊呢!」

「哦!這樣大約是夠吧。」

他起身,穿起他的木屐緩緩走到門口,那時,彩玉靜靜地坐
在那扇有著四角格子的木門邊。

「阿玉仔,妳會怕嗎?」

彩玉定神看著對面樓房的屋頂,晚雲沉落,路上,有年輕小
伙子揹著大刀在巡邏,之外,就沒什麼人了。她搖搖頭。

劉興國輕拍一下她的肩膀,然後,他叫彩玉將木門拉上。

　　　※　　　　※　　　　※

「妳還不睡?」

「唉!」

「是怎麼了?」

「國仔!你可有想過,如果你⋯⋯唉,我不知道,這二天我
的心窩裏喳喳地叫著。如果局面愈來愈亂起來⋯⋯」

「不會啦!咱這是紅磚厝,不出門就好,子彈打不進來。別
聽那姓楊的黑白講。」

「我講真的,咱要去斗六避一陣子嗎?」

「那裏就安全嗎?而且,在路上亂跑不是更危險?睡啦⋯⋯」

「靴道安全？而且，值路裏闖嘸是閣愈危險？睏啦⋯⋯」

　　　　※　　　　　　※　　　　　　※

夜暗之中，彩玉值眠床板反［peng²］來反去，睏未去，她聽著隔壁房間，她 e 爸母壓低聲音講話。閣來是沉沉恬靜 e 暗暝，她聽見窗外，有大溝邊田蛤仔 e 叫聲一聲二聲。

4

初六烏陰雺雨，中晝，劉家當底吃飯，高雄要塞司令彭孟緝 e 部隊，突然間位壽山頂攻落來，引擎聲轟轟叫，經過陸橋了後分做二叉，一叉行大公路，一叉位大仁路有經過玉寶山，相續幾若台兵卡車，頂頭 e 兵仔嘻嘻譁譁。彼時彩玉行夠門口一看，殷全身武裝，是一車一車 e 頭盔、槍、以及金熠熠 e 槍尾刀——即二路最後值無外遠 e 市政府會合，然後道出現一陣接一陣「啪啪啪」親像炮仔聲 e 槍聲。

「哇！」道值第一台兵仔車駛過 e 時，路裏 e 人幹咧攏位二爿 e 巷仔闖，「野鹿！真正打落來啊！走啊！」一條路親像予風颱掃過，phih⁸-pheh⁸ 叫。

「歹！阿玉仔！門緊關起來！」

街仔路 e 門窗，親像值全一個時間齊關起來。市政府彼爿 e 槍聲響起 e 時，大舞台戲院即爿，已經恬唧唧未輸無人 e 死城。

「攏匿入去房間，莫出來！」

　　※　　　　※　　　　※

　　夜暗之中，彩玉在床板上翻來覆去，睡不著，她聽著隔壁房間，她的父母親壓低聲音講話。再來就是沉沉恬靜的夜晚。她聽見窗外，有大水溝邊青蛙的叫聲一聲二聲。

　　　　4

　　初六陰天微雨，中午，劉家正在吃飯，高雄要塞司令彭孟緝的部隊，突然間從壽山頂攻下來，引擎聲轟轟叫著，經過陸橋後分做兩路，一路走大公路，一路從大仁路經過了玉寶山，連續幾輛的兵卡車，上頭的士兵喧嚷著。當時彩玉走到門口一看，他們全身武裝，是一車又一車的頭盔、槍、以及亮晃晃的刺刀——這兩路最後在沒多遠外的市政府會合，然後就出現了一陣接著一陣「啪啪啪」彷彿鞭炮聲的槍聲。

　　「哇！」就在第一輛兵卡車駛過的時候，路上的人們轉身全都快跑進兩邊的巷子裏去，「野鹿！眞正打下來啊！跑啊！」一整路就好像被颱風掃過，劈哩啪啦地叫嚷著。

　　「壞了！阿玉仔！門快關起來！」

　　街道的門窗，就像在同一個時間內齊關上了。市政府那頭的槍聲響起時，大舞台戲院這邊，已經沉寂地彷若無人死城。

　　「都避入房間，別出來！」

劉興國將金飾收入殷翁仔某房間 e 金庫园，然後將一部分藏值半樓仔彩玉合阿秀底睏即間 e 衫櫥，最後，殷所有 e 人攏入來即間。即間半樓仔是柴枋搭 e，東爿一扇窗，會使看著大溝、菜市合街路 e 方向，另外，偎客廳 e 即面壁有幾個蛀孔，貼咧看，會使看著門口 e 動靜。

市政府 e 方向出現大爆炸，一直有槍聲，親像漸漸 thoaN³ 偎來。有幾個查甫人值街仔路走闖。歸半點鐘久，殷無講半句話。阿秀合劉興國靠值窗邊，彩玉跪值有蛀孔 e 壁邊，目睭貼值壁孔看；她 e 阿母一腳曲起來，憨神憨神坐值眠床邊。

「旦透早，嘸是聽講市長今仔日卜取[chhoa⁷]人去談？」

「唉！」

過無外久，夯槍 e 兵仔閣出現值街路，三四個一組底巡邏，若行若罵，土雷雷，大細聲嚷。然後，殷看著有幾個查甫人予兵仔押咧，行位壽山彼爿去。

「國仔！我看你先走卡講啦！」

「野鹿！我無做歹，驚啥？」

5

彼日夠下晡時仔，兵仔 e 巡邏暫時返夠別位去，開始有人將門打開，街仔路嘛開始有人行踏，道干那原本融值巷仔底 e 人，慢慢浮出來；只不過，即擺是安靜 e。菜市彼爿 e 小販轉去夠菜市收擔，發現殷 e 擔，已經是空 e。殷互相細聲講話：市政府

劉興國將金飾收入他們夫妻房內的金庫放著，然後將一部分藏在半樓仔彩玉和阿秀這間房的衣櫥，最後，他們所有的人都躲進這房間。這間半樓仔是木板搭的，東邊一扇窗，可以看見大水溝、菜市場和街道的方向，另外，靠客廳的這面牆有幾個小破洞，貼著看，可以看見門口的動靜。

市政府的方向出現大爆炸，一直有槍聲，彷彿漸漸蔓延過來。有幾個男人在街上奔跑。大約有整整半小時的時間，他們沒說半句話。阿秀和劉興國靠在窗邊，彩玉跪在有小破洞的牆邊，眼睛貼在孔上看著；她的母親一腳曲起來，失魂落魄地坐在床邊。

「早上，不是才聽說市長今天要帶人去談嗎？」

「唉！」

沒多久，舉著槍的士兵又出現在街道，三四個一組巡邏著，邊走邊罵，扯著嗓門，大聲嚷喊。然後，他們看見有幾個男人被士兵押著，走向壽山那邊去。

「國仔！我看你先跑再說啦！」

「野鹿！我沒做壞事，怕啥？」

5

那天到了下午時分，士兵的巡邏暫時移向別處，有人將門打開了，街道上也開始有行人往來，就好像原本那些融進巷子裏的人，又慢慢浮出來了；只不過，這次是安靜的。菜市場那頭的小販回到菜市場收拾攤子，發現他們的攤子，已經是空的。他們彼

靴，死成百個，屍體疊歸堆，告示已經貼出來，暗時實施戒嚴，其他恢復正常。道安呢，夠黃昏卜暗e時刻，街仔路e人，閣慢慢散去。

「無代誌啊！」劉興國值門口喘一個大氣，伊門關咧入去，位晉前藏好e金飾裏，揣出一條人客娶某卜用拜託伊翻做e金披〔phoa⁷〕鍊，然後mouh出彼桶融金仔油，準備做空缺。室內光線毷毷，伊卜將電火打灼，結果發現無電，幹頭叫彩玉去揣一枝蠟條來預備。

道值即時，雄雄閣出現槍聲，即擺遮呢響，未輪道值殷e身軀邊。「阿是安怎啊？」彩玉e阿母合阿秀嘛位灶腳闖出來。有物件奉車倒e聲、濟濟人喝喊e聲、腳步聲，最後，是玻璃破去e聲，靴呢接近。

「緊，匿起來！」劉興國下意識安呢喝。

所有e人啪啪啪位邊仔e柴梯爬上半樓仔。

隨道有人大力撞門，彩玉e心肝博博跳。

「國叔仔！嗚！我啦！緊開門啦！阿玉仔！開門啦！」外面，是「誠德鐘錶行」楊老闆e大漢查某子阿春e聲，她是若哭若喝e。

劉興國馬上闖落，將門打開予入來，然後隨將門閂咧。

「安怎？啥物代誌，妳哪會哭加安呢？」

「嗚！國叔仔！阮阿爸，阮阿爸予兵仔彈死啊啦……我拄才當卜入門，看著兵仔闖入阮厝搶物件，嗚！我現現，現現看阮阿爸予兵仔彈死啊啦……」

此小聲說著：市政府那邊，死了上百個，屍體疊成堆，告示已經貼出來了，晚上實施戒嚴，其他恢復正常。就這樣，到了黃昏向晚的時刻，街上的人們，又慢慢地散去。

「沒事了！」劉興國在門口歎了一口氣，門關上走進來，從先前藏好的金飾裏，找出一條客戶娶妻要用而拜託他翻製的金項鍊，然後抱出那桶融金油，準備工作。室內光線灰暗，他要將電燈點上，結果發現沒電，轉頭叫彩玉去找一支蠟燭來預備。

就在這時，突然又出現槍聲，這次這麼響亮，彷若就在他們的身邊。「是怎麼了啊？」彩玉的母親和阿秀從廚房衝出來。有東西被翻倒的聲音、許多人喝喊的聲音、腳步聲，最後，是玻璃破掉的聲音，那麼地接近。

「快，躲起來！」劉興國下意識地這麼喊著。

所有的人啪啪啪從一旁的木梯爬上半樓仔。

接下來馬上就有人使力地撞著門，彩玉的心頭噗噗地跳著。

「國叔仔！嗚！我啦！快開門啦！阿玉仔！開門啦！」外頭，是「誠德鐘錶行」楊老闆的大女兒阿春的聲音，她邊哭邊喊叫著。

劉興國馬上衝下來，打開門讓她進來，然後隨即將門閂上。

「怎樣？啥事，妳怎麼哭成這樣？」

「嗚！國叔仔！我阿爸，我阿爸被士兵打死啦……我方才正好進門，看見士兵闖入我家搶東西，嗚！我親眼，親眼看見我阿爸被士兵用槍打死了啦……」

「啊！」在半樓仔，彩玉的母親大叫一聲。

阿春繼續講：「國叔仔！你快跑啦！士兵等一下一定會過來

「啊！」值半樓仔，彩玉 e 阿母叫一聲。

阿春繼續講：「國叔仔！你緊走啦！兵仔等咧一定會過來 e 啦！嗚……」她哭加真悽慘，肩胛頭直直搖。

彩玉 e 阿母嘛闖落來：「國仔！阿春講 e 無嘸對，你緊咧，緊走啦！」她一面給 sak 一面講：「位後壁門，緊咧！」

「嘸！卜走早道走啊！我嘸走！」劉興國在［chhai⁷］定定講：「我若走，恁卜安怎？」

「國仔！」

「好啦！我決定啊，殷若卜啥，我道攏予予殷去啦！未啦，殷干擔卜金仔爾啦，未有代誌啦！」

即個時陣，靴兵仔已經夠位，pang-pang-pang，親像卜給門躘破。

「來囉！」劉興國對外口 e 兵仔喝。

伊對殷使一個目尾，然後行夠門邊，斡頭看殷攏爬起哩，才將門打開。

6

　　台灣今日慶昇平，仰首青天白日清，
　　六百萬民同快樂，壺漿簞食表歡迎，
　　哈哈到處歡迎，哈哈到處歡迎。

嘸知是安怎，靴兵仔入來 e 時，彩玉想起她值國校仔學 e 即

的啦！嗚⋯⋯」她哭得真悽慘，肩頭抽搐著。

彩玉的母親跑下來：「國仔！阿春講的沒錯，你快點，快跑啦！」她一面推他一面說：「從後門，快點！」

「不！要跑早就跑了！我不跑！」劉興國鎮定地說：「我若跑了，妳們怎麼辦？」

「國仔！」

「好啦！我決定了，他們要什麼，我就全給他們啦！不會啦，他們只是要黃金而已，不會有事啦！」

這時，那些士兵已經到臨，砰砰砰，像是要將門用力地踢破。

「來囉！」劉興國對著外頭的士兵嚷著。

他對她們使了一個眼色，然後走到門邊，轉頭看她們都爬上去了，才將門打開。

6

台灣今日慶昇平，仰首青天白日清，
六百萬民同快樂，壺漿簞食表歡迎，
哈哈到處歡迎，哈哈到處歡迎。

不知是怎麼，那些士兵進門的時候，彩玉想起她在國民學校

首「歡迎歌」。彼個時陣，殷唱加外呢認眞、外呢大聲。不過，即馬，她位半樓仔 e 壁孔看著這一切。

四五個頭戴軍帽、面掩瓜笠巾仔、手夯長槍 e 兵仔闖入來，將槍嘴拄值劉興國 e 胸仔口，殷喊劉興國去提金仔出來。劉興國點一個頭，上樓，將金庫裏 e 金飾攏提去予殷。不過，靴兵仔當場道分未平，開始冤家。

「還有沒有？快，全部拿出來！嘿嘿，最好別讓我們自己來找，懂嗎？」

劉興國，最後一次行上半樓仔，提出彩玉衫仔櫥裏藏 e 另外彼份。伊卜離開晉前，就近將其中一塊十兩 e 金條塞入阿秀 e 手。伊看著彩玉當底流目屎，道細聲仔講：「阿玉仔，放心！阿爸未有代誌。」

然後伊行落來，將彼部分嘛交予殷。

「長官，這些，就是全部了。」

靴面掩瓜笠巾、手夯長槍 e 兵仔，提著黃金，大笑三聲，幹咧親像道卜離開，結果，其中一個遂雄雄開槍。

「砰！」一聲，槍籽位劉興國 e 胸仔口通過，劉興國跋倒，嘛將土腳兜彼桶融金仔油車倒，淋加歸身軀。土腳兜是一片辛腥 e 血合油。

劉興國當場死亡。

「嗚，國仔！我 e 國仔喂！」彩玉 e 阿母看著即個情景，忍不住位半樓仔闖落去，她趴值劉興國 e 身軀大哮：「我 e 國仔喂！」結果，靴兵仔嘛送她一槍。即槍打入她 e 骱[kai²]邊，然後殷又

裏頭學的這首「歡迎歌」。那時，他們唱得多麼認真、多麼嘹亮啊。不過，此刻，她從半樓仔的牆孔看見這一切。

四五個頭戴軍帽、面掩斗笠巾、手舉長槍的士兵闖進來，將槍口抵在劉興國的胸膛，他們催喊劉興國拿出金飾。劉興國點一個頭，上樓，將金庫裏的金飾全拿下去給他們。但那些士兵當場就分配不均，開始吵架。

「還有沒有？快，全部拿出來！嘿嘿，最好別讓我們自己來找，懂嗎？」

劉興國，最後一次走上半樓仔，拿出彩玉衣櫥裏藏的另外那一份。他要離開之前，就近將其中一塊十兩重的金條塞入阿秀的手。他看見彩玉正在流淚，就小聲對她說：「阿玉仔，放心！阿爸不會有事的。」

然後他走下來，將那部分也交給他們。

「長官，這些，就是全部了。」

那些面掩斗笠巾、手舉長槍的士兵，拿著黃金，大笑三聲，轉身像是要離開了，結果，其中一個竟突然開了槍。

「砰！」一聲，子彈從劉興國的胸口穿過，劉興國跌倒，同時將一旁地上那桶融金油打翻了，淋了一身。地上是一片腥辣的血油。

劉興國當場死亡。

「嗚，國仔！我的國仔喂！」彩玉的阿母看見這個情景，忍不住從半樓仔跑下去，她仆倒在劉興國的身上大哭：「我的國仔喂！」想不到那些士兵也送了她一槍。這槍打入她的大腿側，他

閣向天大笑三聲，闖出門。

彩玉 e 阿母失血過多，隔日死值病院。

7

「阿爸，阿母——」

彩玉一時間感覺徹底 e 孤單。對面 e 亭仔腳，干那有愈來愈濟人聚集，鳥 ma³-ma³ 一片。人群中傳出嗡嗡嗡 e 細聲講話。

「到底是不是？」憲兵早道失去耐性，底等她回答。

彩玉一直底看伊繡值衫仔頂 e 號碼。

——是即個號碼無嘸對。嘸過，咁眞正是伊？

她再一次看即個兵仔醉茫茫、充滿驚嚇[hiaN⁵]e 面。伊已經雙腳軟 ko⁵-ko⁵，徛未起來。伊 e 頭晃咧晃咧，嘴裏 iN-iN-ouN-ouN 踅踅唸，嘸知底講啥。

即段歌曲一再出現，她想卜拒絕，不過已經無法度拒絕，干那深深浸入值她 e 記智，合她 e 爸母死去 e 畫面融做夥：

「……哈哈到處歡迎，哈哈到處歡迎。六百萬民同快樂，壺漿簞食表歡迎……」

是啊！道是伊，她給家己講，道是伊！即馬，兇手道值她 e 面前。她深呼吸，嘴唇咬咧，瞌目，大力點一個頭。即個兵仔道牽拖出去。

憲兵將伊拖夠亭仔腳 e 柱仔頭，放手，伊歸個人道趴值土腳。其中一個憲兵將手槍夯起來，位伊 e 胸仔口「砰！砰！」彈二槍，血水齊[chiau⁵]噴。伊 e 腳最後踢二下，定去，胸仔口變成

們再次仰天大笑，跑出門外。

彩玉的母親失血過多，隔日也死在醫院。

　　　　7

「阿爸，阿母──」

彩玉剎那間感覺到徹底的孤單。對面的騎樓，似乎有愈來愈多人聚集，黑壓壓一片。人群中傳出嗡嗡嗡的細語聲。

「到底是不是？」憲兵早就失去耐性，正等著她回答。

彩玉一直看著他那繡在衣服上的號碼。

──是這個號碼沒錯。不過，可真正是他？

她再一次看著這個士兵醉茫茫、充滿驚嚇的臉。他已經雙腳發軟，站不起來。他的頭擺擺晃晃，嘴裏咿咿呀呀，不知說著什麼。

這段歌曲一再出現，她想要拒絕，不過已經無法拒絕，彷彿深深浸入在她的記憶，和她的父母死去的畫面融成一片：

「……哈哈到處歡迎，哈哈到處歡迎。六百萬民同快樂，壺漿簞食表歡迎……」

是啊！就是他，她告訴自己，就是他啊！此刻，兇手就在她的面前啊。她深呼吸，咬緊嘴唇，閉眼，大大地點了一個頭。這個士兵就這樣被拖了出去。

憲兵將他拖到了騎樓的柱下，放手，讓他整個人趴倒在地上。其中一個憲兵將手槍舉起來，往他的胸口「砰！砰！」打了二槍，血水齊噴，他的腳踢了二下，靜止了，胸口變成碎糊糊的一片。這個士兵的血，從騎樓處流進了店裏，流進沒幾天前她們才

碎糊糊一片。即個兵仔 e 血,位亭仔腳流入店裏,流入無幾日前
殷拄才擦清氣 e 磨石仔地。空氣中,有仝款 e 槍炮仔味合血 e 腥
味⋯⋯

——2002/7/28

擦拭乾淨的磨石子地。而空氣中，瀰漫著同樣的槍硝味和血的腥
味……

—2002/7/28　台語版
　2003/11/7　華語版

[台語]

死亡證明

彼當陣，我猶是一個少年家仔，拄去夠區公所吃頭路。代誌發生 e 時，我合阮同事負責維持區裏 e 治安，而且閣保護四五十個外省人 e 安全，予殷吃、予殷滯，結果，嘛是予外省兵仔掠去，關七八工。雖然比起來關無久，不過，你知影靴是啥物款 e 日子。

我會記，值四月尾 e 某一日。她行入來，穿一軀做穡人底穿 e 墨色布衫。她是來發嫂仔，滯值附近 e 三塊厝，卯人 e 田底種作。她有看著我。她值窗仔邊揀一個位坐落，然後將她 e 瓜笠囥值腳頭趺。她瘦卑巴，恬恬坐值靴，風霜 e 面無任何表情。彼幾日，我接著命令，要辦理區民 e 五戶連保，遐是我 e 空缺。一透早道有真濟人來辦，我 e 桌仔頭前一直有人，夠我卡清閒 e 時陣，已經卜偎中晝。她猶值靴。我向她打一個招呼，她才起身，款款仔行偎來。

「請坐啊！嫂仔！」

她點一個頭，坐落來。「我是卜來辦戶口 e。」

「是，妳小等。」

我揣著資料 e 時，雄雄想著，來發兄值舊年底致病過身去，死亡登記猶未辦理。

[華語]

死亡證明

　　那時候，我還是一個年輕小伙子，剛去到區公所上班。事情發生的時候，我和我同事負責維持區裏的治安，而且還保護四五十個外省人的安全，給他們吃、給他們住，結果，還是被外省兵捉去，關了七八天。雖然比起來關不久，不過，你知道那是什麼樣的日子。

　　我記得，在四月底的某一天。她走進來，穿著種田人所穿的灰色布衫。她是來發嫂子，住在附近的三塊厝，承租別人的田耕作。她有看見我。她在窗邊挑了一個位子坐下，然後將她的斗笠放在膝蓋上。她非常瘦，靜靜坐在那兒，風霜的臉沒有任何表情。那幾天，我接到命令，要辦理區民的五戶連保，那是我的工作。一清早就有很多人來辦理，我的桌子前面一直有人，到了比較清閒的時候，已經近午。她還在那兒。我向她打一個招呼，她才起身，緩緩走近。

　　「請坐啊！嫂子！」

　　她點個頭，坐下來。「我是要來辦戶口的。」

　　「是，妳稍等。」

　　我找到資料時，突然想到，來發兄在去年底患病過世了，死亡登記還未辦理。

「我道是卜來辦阮發仔 e 死亡登記。」

「唉,來發兄是一個大好人,一道是一,二道是二,做人閣 ah-sah-lih,真想未夠⋯⋯」

「伊病真久。」

「誰知影,鐵打 e 身體,嘛會致著返『嘛啦痢仔』⋯⋯」

「伊病真久,不過嘸是啥物『嘛啦痢仔』!」

「咿?」我感覺怪怪。我 e 記智應當無嘸對。我猶會記,舊年底,我去看來發兄,伊歸身軀發燒拚汗,一直漏屎,是「嘛啦痢仔」無嘸對啊,庄仔頭有幾若個攏著即款病,無三二工道死去。我嘛會記,閣過幾日仔,我道聽著來發兄過身去 e 消息,全款是舊年底 e 代誌。甚至我有參加伊簡單 e 喪禮。

她提出一張紙予我,是一張里長開 e 簡單 e 死亡證明:

死亡證明

吳來發住址高雄市三民區〇〇里〇〇路〇〇號因病歿於民國三十六年三月七日
此證
立證人　高雄市三民區〇〇里里長　　　林大木　印

我驚一跳[tio⁵]。「嫂仔!這⋯⋯這哪會安呢?三月初七,是頂個月 e 代誌,嘸過,來發兄伊咁嘸是舊年底道⋯⋯」

「是啊,伊是舊年道破病無嘸對。唉!伊病真久,拖夠 hin²

「我就是要來辦理我家發仔的死亡登記。」

「唉，來發兄是一個大好人，一就是一，二就是二，做人又乾脆，真想不到……」

「他病得真久。」

「誰知道，鐵打的身體，還是會患上『嘛啦痢仔』（痢疾）……」

「他病很久，不過不是什麼『嘛啦痢仔』！」

「咿？」我感覺奇怪。我的記憶應該沒錯。我還記得，去年底，我去看來發兄，他全身發燒盜汗，一直拉肚子，是「嘛啦痢仔」沒錯啊，村子裏有幾個都得上這種病，沒三二天就死了。我還記得，再過幾天，我就聽見來發兄過世的消息，同樣是去年底的事。甚至我有參加他簡單的喪禮。

她拿出一張紙給我，是一張里長開的簡單的死亡證明：

死亡證明

吳來發住址高雄市三民區○○里○○路○○號因病歿於民國三十六年三月七日

此證

立證人　高雄市三民區○○里里長　　　林大木　印

我嚇一跳。「嫂子！這……這怎麼會這樣？三月初七，是上個月的事，不過，來發兄他可不是去年底就……」

「是啊，他是去年就害病了沒錯。唉！他病真久，拖到了那

遂安呢做伊轉去──」

　　她講咧講咧，開始流目屎。

　　我講：「嫂仔，即個死亡證明未使，要醫生開 e 。」

　　「哪會未使，我看真濟人攏是里長開 e 。」

　　「遐是少數。你知影，因為……」我將聲音放低：「因為死太濟人。」

　　「道是啊！春枝仔合跛腳國仔，嘛是里長開 e 。」

　　「嫂仔，妳聽我講，遐無全，殷是……橫直，若我無記嘸對去，我是講，舊年底──」

　　「無啊，你無記嘸對去。水泉仔，講起來足感心 e 喔，阮翁仔某予你安呢照顧，發仔破病，你也去給看，也提錢來，頂個月伊出山，你嘛夠位，你實在是足有情 e 喔！伊卜死晉前，交代我一定要給你說多謝。水泉仔，你好心會有好報，天公伯仔有目睭，攏看會著。」

　　「無啦！嘸通安呢講，嫂仔，咱是全鄉，本底道是要互相照顧。只不過──」

　　她將目屎抔掉，無聽我講煞。她繼續講：「唉！是阮發仔家己無路用啦！我自早道一直給講，生命要顧，你嘛知，伊嘸聽。唉！死好啦，誰叫伊半暝道去巡田水。人卜偷道做殷偷啊，巡巡遐田水有啥路用，咁講攏免眠？阿你嘛知，伊嘸聽，伊嘸八聽過我 e 嘴。」

　　「來發兄是一個骨力人。」

　　「唉！道是傷骨力啊！伊卜死晉前嘛交代，講有代誌會使揣

個時候竟這樣任自己走了——」

　　她說著說著，開始流眼淚。

　　我說：「嫂子，這個死亡證明不行，要醫生開的。」

　　「怎麼不行，我看很多人都是里長開的。」

　　「那是少數。你知道，因為……」我將聲音放低：「因為死太多人。」

　　「就是啊！春枝仔和跛腳國仔，也是里長開的。」

　　「嫂子，妳聽我說，那不一樣，他們是……反正，若我沒記錯，我是說，去年底——」

　　「沒啊，你沒記錯。水泉仔，講起來很感謝的，我們夫妻受你這麼照顧，發仔害病，你也去看他，也拿錢來，上個月他出殯，你也到了，你實在是很有情的喔！他死前，交代我一定要向你說多謝。水泉仔，你好心會有好報，老天爺有眼，都看得到。」

　　「沒有啦！別這麼說，嫂子，我們是同鄉，本來就是要互相照顧。只不過——」

　　她將眼淚擦掉，沒聽我講完。她繼續說：「唉！是我家發仔自己沒有用啦！我老早就一直告訴他，生命要顧，你也知道，他不聽。唉！死好啦，誰叫他半夜要去巡田水。人家要偷就教他們偷去啊，巡那些田水有啥用，難道說都不必睡覺？而你也知道，他不聽，他不曾聽過我的話。」

　　「來發兄是一個勤快的人。」

　　「唉！就是太勤快了啊！他要死之前也交代，說有事可以找

你鬥相共，因為你是讀冊人，閣是阮全鄉 e。阮發仔將你當做親兄弟，你知否？」

「知啦！嫂仔，我嘛將伊當做親兄弟啊！只是……好啦，嫂仔，我坦白講，我看這日期可能有失覺察，死亡登記未使烏白做 e，若無，咱是會牽掉去關 e。我會記嘸是頂個月 e 代誌。」

「水泉仔，你即馬是底烏白講啥？即款死活 e 代誌我會烏白講？」她徛起來。

「嫂仔！妳莫受氣！我嘸是講妳烏白講。只是講，妳有可能記嘸對去。」

「我無記嘸對去，伊道是頂個月死 e。若無你去揣里長來問。你去啊！去問啊！」

「失禮啦！嫂仔，予妳遮受氣。妳先且坐，妳聽我講，這是我 e 空缺，我未使——」我行出我 e 位，行夠她 e 身軀邊。我用手搭她 e 肩胛頭，請她坐落。我細聲仔值她耳孔邊講：「嫂仔，其實，妳若有啥物困難，做妳吩咐，我水泉仔一定做加夠。不過，這死亡證明，實在——」

她閣開始流目屎。她夯頭看我，她 e 目睭充滿悲哀。她 e 聲調暗淡落來。「水泉仔，阮發仔講，若有代誌，要來揣你鬥相共。」

「是啊！嫂仔，發生啥物代誌，拜託咧，妳給我講。我水泉仔做人妳知，我未害妳。」

「彼個時陣，伊存最後一口氣，倒值眠床頂。兵仔撞門 e 時，伊講伊會給我保庇……水泉仔，彼工是三月初七。阮發仔牽

你幫忙，因爲你是讀書人，又是我們同鄉的。我家發仔將你當做親兄弟，你知道嗎？」

「知道啦！嫂子，我也將他當做親兄弟啊！只是……好啦，嫂子，我坦白說，我看這日期可能有疏失，死亡登記不能隨便做的，要不然，我們會被捉去關的。我記得那不是上個月的事情。」

「水泉仔，你現在是在亂說什麼？這種死活的事情我會隨便說嗎？」她站起來。

「嫂子！妳別生氣！我不是說妳隨便講。只是說，妳有可能記錯了。」

「我沒記錯，他就是上個月死的。要不然你去找里長來問。你去啊！去問啊！」

「失禮啦！嫂子，讓妳這麼生氣。妳先請坐，妳聽我講，這是我的工作，我不能──」我走出我的位子，走到她的身旁。我用手拍著她的肩膀，請她坐下。我小聲在她耳邊說：「嫂子，其實，妳若有什麼困難，任憑妳吩咐，我水泉仔一定做到。不過，這死亡證明，實在──」

她又開始流眼淚。她抬頭看我，她的眼睛充滿悲哀。她的聲調暗淡下來。「水泉仔，我家發仔講說，若有事情，要來找你幫忙。」

「是啊！嫂子，發生什麼事情，拜託，妳告訴我。我水泉仔做人妳知道，我不會害妳。」

「那個時候，他剩最後一口氣，倒在床上。士兵撞門的時

我e手，伊講，若發生啥物代誌，齒根要咬咧，齒根要咬咧。水泉仔，阮發仔死去彼工是三月初七，你一定要會記e。」

「嫂仔，三月初七彼日，我有夆掠去山頂。」

「我知。三塊厝e查甫人攏夆掠去山頂，干擔阮發仔無。伊倒值眠床頂，伊存最後一口氣，伊講：罔腰仔，妳莫驚……」

「嘸過嫂仔，來發兄出山e時我嘛有夠。我會記嘸是——」

「是啊！佳哉你已經轉來。若無，我實在揣無一個查甫人通鬥腳手。彼幾日閣落雨，澹漉漉，我險仔揣無一個腳手。澹漉漉。真勞力喔！你閣來鬥腳手。若無——」

我看她e後面，即馬已經閣排幾若個人。「嫂仔！」我無予她繼續講。「嫂仔！我看安呢啦，妳即張證明，先囥底遮，我會替妳辦。」

「你要相信彼工，確實是三月初七。你要相信。阮發仔講，你是伊e兄弟。」

「是，我相信。」

「我知影你嘸相信。你已經未記啊！」

「嫂仔，我猶會記。」

「遐是當時？」

「三月初七。」

「你猶會記？」

「是，我猶會記。」

「喔！真勞力！」她徛起來，行一個禮。

然後她離開，我吐一個大氣。我知影，她傷心過度，她e精

候，他說他會保祐我……水泉仔，那天是三月初七。我家發仔牽我的手，他說，若發生什麼事，牙根要咬著，牙根要咬著。水泉仔，我家發仔死去那天是三月初七，你一定要記得。」

「嫂子，三月初七那天，我有被抓去山上。」

「我知道。三塊厝的男人都被抓去山上，只有我家發仔沒有。他倒在床上，他剩最後一口氣，他說：罔腰仔，妳別怕……」

「不過嫂子，來發兄出殯的時候我也有到。我記得不是──」

「是啊！幸虧你已經回來。要不，我實在找不到一個男人幫忙。那幾天又下雨，濕答答的，我險些找不到個幫手。濕答答的。真是謝謝喔！你還來幫忙。要不然──」

我看她的後面，此刻已經又排了幾個人。「嫂子！」我沒讓她繼續說。「嫂子！我看這樣啦，妳這張證明，先放在這兒，我會替妳辦。」

「你要相信那天，確實是三月初七。你要相信。我家發仔講，你是他的兄弟。」

「是，我相信。」

「我知道你不相信。你已經忘了！」

「嫂子，我還記得。」

「那是什麼時候？」

「三月初七。」

「你還記得？」

「是，我還記得。」

神已經錯亂。我將彼張死亡證明囥值我 e 屜仔底,而且已經決定,即層代誌等她卡恢復咧才來處理。續落,我繼續辦我 e 五戶連保。

三塊厝 e 里長大木伯仔有時會來阮辦公室,差不多攏是替里民走闖戶政 e 代誌。五戶連保辦了無外久,六月,我閣收著命令,要辦身分證,我猶閣卡無閒。結果,遂未記問伊彼張死亡證明 e 代誌。彼張死亡證明,道安呢一直囥值靴。我強強卜將來發嫂仔放未記。

一工黃昏,我扗下班行出辦公室,大木伯仔踏一雙木屐,卡啦卡啦雄雄狂狂走來。「阮三塊厝 e 吳陳罔腰,是嘸是恁全鄉 e?」

「是啊!」我講。吳陳罔腰道是來發嫂仔。

「緊咧,綴我來!」伊手給我掠咧。「出代誌啊!」

「是安怎?」

「她予火車撞死啊啦!」

「夭壽!哪會安呢!」

阮經過省中 e 牆圍仔,鳳凰花開加紅 phaN³ phaN³ 一片,倒手爿是三塊厝,閣卡過,道是鐵枝路。

大木伯仔股厝滯值鐵枝路邊,伊若行若講:「我出來飼雞,看她一個人行值鐵枝仔路,憨神憨神,我闖過,一面給喝。嘸過已經未赴,火車過來,嗚一聲,我目睭金金看她牽撞死。」

「哪會安呢?哪會安呢?」

她 e 屍體已經予人徙夠鐵路碎石仔邊 e 草埔,四箍輪轉圍未

「喔！眞謝謝！」她站起來，行一個禮。

然後她離開，我大大嘆了口氣。我知道，她傷心過度，她的精神已經錯亂。我將那張死亡證明放在我的抽屜裏，而且已經決定，這件事等她恢復一些才來處理。接著，我繼續辦我的五戶連保。

三塊厝的里長大木伯仔有時會來我們辦公室，差不多都是替里民奔走戶政的事。五戶連保辦完沒多久，六月，我又收到命令，要辦身分證，我更加沒空了。結果，竟忘了問他那張死亡證明的事。那張死亡證明，就這樣一直放在那兒。我差點要將來發嫂子忘了。

一天黃昏，我剛下班走出辦公室，大木伯仔踩著一雙木屐，卡啦卡啦倉倉惶惶地跑過來。「我們三塊厝的吳陳罔腰，是不是你們同鄉的？」

「是啊！」我說。吳陳罔腰就是來發嫂子。

「快點，跟我來！」他用手抓著我。「出事了！」

「怎麼了？」

「她被火車撞死了啊！」

「天壽！怎麼會這樣！」

我們經過省中的圍牆，鳳凰花開得紅艷一片，左手邊是三塊厝，再過去，就是鐵路。

大木伯仔他們家住在鐵路邊，他邊走邊說：「我出來餵雞，看她一個人走在鐵路上，失神失神的，我奔跑過去，一面喊她。不過已經來不及了，火車過來，嗚一聲，我眼睜睜看她被撞

少人，厝邊兜好心提草蓆仔給崁咧，我嘸甘給掀起來看。現場一陣臭味。

大木伯仔一直搖頭。「可憐代，一屍兩命。」伊講。

「一屍兩命？」

「是啊，她腹肚閣一個。」

「哪有可能？」

「才三個月大。」

「這……哪有可能……」

我想起彼層死亡證明 e 代誌，我想這有關係。我請教大木伯仔。

伊侩頭，過一時仔才閣幹頭看我。

「安呢講起來，彼工 e 代誌，你猶嘸知？」

「叼一工？」

「咱夆掠去彼工。」

「啥物代誌？」

「兵仔打來，幾個學生团仔，走去匿值殷兜。」

「哦？」

「她教殷匿值眠床腳，結果，靴兵仔入來，問她，她嘸講，遂予靴兵仔……」伊閣幹頭看彼領草蓆仔。「唉！水泉仔，有七八個呢，七八個呢，野鹿！」伊繼續講：「落尾她有身，阮某給講，講有藥仔，教她道打掉，她嘸肯。水泉仔，你咁知影她安怎應？」

「安怎應？」

死。」

「怎麼這樣？怎麼會這樣？」

她的屍體已經被人移到鐵路碎石子邊的草地上，四周圍繞著不少人，鄰居們好心地拿了草蓆給蓋著，我不忍掀起來看。現場一陣臭味。

大木伯仔一直搖頭。「可憐事，一屍兩命。」他說。

「一屍兩命？」

「是啊，她腹裏還有一個。」

「哪有可能？」

「才三個月大。」

「這……哪有可能……」

我想起那件死亡證明的事，我想這有關係。我請教大木伯仔。

他垂頭，過一陣子才又轉頭看我。

「這麼說起來，那天的事，你還不知道？」

「哪一天？」

「我們被抓去那一天。」

「什麼事？」

「士兵打過來，幾個學生孩子，跑去躲在她家。」

「哦？」

「她教他們躲在床下，結果，那些士兵進來，問她，她不講，竟被那些士兵……」他又轉頭看那草蓆。「唉！水泉仔，有七八個呢，七八個呢，野鹿！」他繼續說：「之後她懷了孕，我太太

「她應講：宰人 e 代誌，我做未來。她講她做未來啦！即個憨查某囝仔，一直講卜替來發仔生一個子，拚幾若年攏生未出來，想未夠，予靴兵仔……她一個查某人，翁早道死啊，叫她卜安怎……」

「大木伯仔，你免閣講，我瞭解啊！」

彼工暗暝我做夢，夢見省中牆圍仔頂 e 鳳凰花紅 phaN³ phaN³，來發嫂仔徛值下面，一遍過一遍問我全款 e 問題。我一直給講：「我相信，我相信，我相信。」

——2002/9/4

告訴她，說有藥，教她要打掉，她不肯。水泉仔，你知道她怎麼回答？」

「怎麼回答？」

「她回答說：殺人的事，我做不來。她說她做不來啦！這個傻女孩，一直說要替來發仔生一個孩子，拚了幾年都生不出來，想不到，讓那些兵……她一個女人家，丈夫早就死了，叫她要怎麼……」

「大木伯仔，你不必再說，我瞭解了！」

那天晚上我做夢，夢見省中圍牆上的鳳凰花紅艷著，來發嫂子站在下面，一次又一次問我同樣的問題。我一直告訴她：「我相信，我相信，我相信。」

——2002/9/4

[台語]

只要放伊出來

「只要放伊出來，阿茂仔，你去給講，伊要啥我攏予伊，只要伊想辦法叫殷放伊出來。恁少爺未堪得人苦毒，你給講，我會使予伊一隻尚新 e 漁船仔，舊年拄造好 e，伊要駛去叼道駛去叼，只要殷放伊出來。」

「夫人！這無效啦！頂一擺伊來，妳予伊 e 錢道已經有夠伊買二隻船仔；閣頂一擺，妳將厝內所有 e 金仔攏予伊啊！嘸過少爺猶是無轉來。」

「伊一定是將少爺 e 名記嘸對去啊。你提即張我寫 e 紙條仔去，你給講，頂面道是少爺 e 名，王青石，你叫伊記予清楚。」

「夫人，照我看起來，伊根本只是一個江湖騙子，伊干擔想卜騙妳 e 錢爾爾。」

「安呢想未凍解決代誌。阿茂仔，這是唯一 e 路，咱總是要試。我昨下晡有去問過媽祖婆，媽祖婆講恁少爺猶活咧，可見伊無騙咱。這是存落來 e 一條路，咱罔行嘛道行。」

「嘸過夫人，我看伊是未飽未 sian⁷，頂回，伊嘛將我 e 結婚手只剝剝去。」

「你 e 結婚手只我會雙倍補你，只要你去給講。一隻無夠，兩隻嘛無要緊，若是閣無夠，我會使予伊三隻漁船仔。橫直咱有

[華語]

只要放他出來

「只要放他出來，阿茂仔，你去告訴他，他要啥我都給，只要他想辦法叫他們放他出來。你們少爺受不了人家虐待，你告訴他，我可以給他一艘最新的漁船，去年剛造好的，他愛開去哪就開去哪，只要他們放他出來。」

「夫人！這沒效啦！上一次他來，妳給他的錢就已經夠他買二艘船；再上一次，妳將家裏所有的金子都給他了！不過少爺還是沒回來。」

「他一定是將少爺的名字記錯了。你拿這張我寫的紙條去，你告訴他，上面就是少爺的名字，王青石，你叫他記清楚。」

「夫人，照我看起來，他根本只是一個江湖騙子，他只是想要騙妳的錢而已。」

「這麼想不能解決事情。阿茂仔，這是唯一的路，我們總是要試。我昨天下午有去問過媽祖婆，媽祖婆說你們少爺還活著，可見他沒騙我們。這是剩下來的一條路，我們姑且行也得行。」

「不過夫人，我看他是貪得無厭，上回，他也將我的結婚戒指拔去了。」

「你的結婚戒指我會雙倍補給你，只要你去告訴他。一艘不夠，二艘也沒關係，若是還不夠，我可以給他三艘漁船。反正我

三四十隻船，無差這二三隻。你給講，三隻漁船仔道會使開一間船公司啊，保證伊三代富貴。無你嘛帶念少爺平常時對你無歹，道當做是替天公伯仔出一個公差。」

阿茂仔一直晃頭。伊頭犁犁，心內若想，我拄婆某，一個囝仔猶未出世，而且，天公伯仔嘛管未著靴兵仔 e 槍籽。

「夫人，失禮，我……」

伊 e 心肝頭博博彩，講話 e 聲音愈來愈細聲。

「阿茂仔，你去啦！算我拜託你，道干擔即擺。你講 e 話，伊加減聽有，所以我叫你去。你給講，少爺是好人，晉前有外省仔厝邊夆打無地匿 e 時，少爺八將大門打開予殷入來。你一定要給講，人要知感恩，伊若嘸信，咱會使拜託靴外省仔出來做證。」

阿茂仔將紙條仔塞入褲袋，行夠大門口，伊行出門晉前幹頭過來：

「好啦！我去！嘸過，我若值路裏出啥物代誌，我 e 某子誰卜顧？」

「未啦！你莫想想遮。好心有好報，媽祖婆會保庇你。」

伊行出門 e 時，港口 e 方向，染紅 e 月娘掛值雲邊。

　　　　※　　　　　※　　　　　※

另外一頭，王青石夠即馬已經瞭解，完全無望啊，道算無夆槍殺，伊嘛無可能會凍活咧轉去。伊夆取過來綁值樹頭已經二

們有三四十艘船，不差這二三艘。你告訴他，三艘漁船就可以開一家船公司了，保證他三代富貴。要不然你也體念少爺平時對你不錯，就當做是替老天爺出個公差。」

阿茂仔一直搖頭。他頭低低的，心裡邊想著，我才娶老婆，一個孩子還沒出生，而且，老天爺也管不著那些士兵的子彈。

「夫人，失禮，我……」

他的心裏怦怦跳著，講話的聲音愈來愈小聲。

「阿茂仔，你去啦！算我拜託你，就只有這次。你講的話，他多少聽得懂，所以我叫你去。你告訴他，少爺是好人，之前有外省鄰居被打得無處藏的時候，少爺曾將大門打開讓他們進來。你一定要告訴他，人要知道感恩，他若不信，我們可以拜託那些外省人出來做證。」

阿茂仔將紙條塞入褲袋，走到大門口，他走出門之前轉頭過來：

「好啦！我去！不過，我若在路上出了什麼事，我的老婆孩子誰要照顧？」

「不會啦！你別盡想這些。好心有好報，媽祖婆會保祐你。」

他走出門的時候，港口的方向，染紅的月亮掛在雲邊。

※　　　　※　　　　※

另外一頭，王青石到現在已經瞭解，完全無望了，就算沒被槍殺，他也不可能活著回去。他被帶來綁在樹下已經二天，全身

工，歸身軀予雨沃加澹漉漉，因為飫飢閣畏寒，昏迷幾若擺，不過，攏予土狗仔e吠聲吵醒。早起，有一隻烏色e狗仔位伊e腳給咬幾若嘴落去。起先伊料想會真痛，結果竟然無啥物感覺，看著血湽湽滴，才知影家己e腳手攏已經麻痺。伊想卜喝聲，不過連半點氣力都無。

即馬伊只有是靜靜等候死亡夠位。伊給家己講，命啊！誰知會安呢？彼日值市政府大廳e槍聲之後，伊予一堆屍體砥[teh]咧，死無去，無外久，有一枝槍尾刀拄值伊e胸坎，叫伊出去集合。活落來e總共存十幾個人，攏跪值市政府e大門口，八號e鐵線將殷e雙手綁值後面，牽做一列。伊拜託動手e彼個兵仔，叫伊摧卡細力咧，彼個兵仔嘸睬伊，所以伊受氣起來，喝聲給操：「野鹿！哇答係哇堂堂民選e參議員，恁安呢給阮糟蹋！」取隊e軍官道走過來，給搧一個嘴phoe²。結果殷給伊摧上按，鐵線歸個陷入值肉裏。一開始伊合其他e人關做夥，值看守所一間暗烏e監牢，嘸過隔日，有人將監牢e鐵門打開。伊聽著家己e名。一個兵仔喝：「王青石！出來！」

童寶，警察局長——卡正確e講法是為非sam²做、四界斂錢e大流氓頭——徛值伊面頭前。伊夯手行禮，然後將伊e帽仔褪落來。「王先生！委屈您囉！」

「呸！」伊e彼嘴瀾拄好呸值童寶e面。「汰膏鬼！」伊心內想：咱e數[siau³]猶未清楚咧！

伊猶會記，返是戰爭結束童寶拄上任e代誌，伊派下腳手e警察去碼頭強收管理費。

被雨淋得濕透了，因為飢餓又畏寒，昏迷幾次，不過，都被土狗的吠聲吵醒。早上，有一隻黑色的狗從他的腳給咬幾口下去。原先他料想會很痛，結果竟然沒什麼感覺，看見血涔涔滴著，才知道自己的手腳都已經麻痺。他想要喊叫，不過連半點力氣都沒有。

此刻他只有靜靜等候死亡到來。他告訴自己，命啊！誰知會這樣？那天在市政府大廳的槍聲之後，他被一堆屍體壓著，沒死成，不多久，有一把刺刀抵在他的胸膛，叫他出去集合。活下來的總共剩十幾個人，都跪在市政府的大門口，八號的鐵線將他們的雙手綁在後面，牽成了一列。他拜託動手的那個士兵，叫他小力點，那個士兵沒理他，所以他生氣起來，喊罵著：「野鹿！我是堂堂民選的參議員，你們這樣糟蹋我！」帶隊的軍官就走過來，打了他一巴掌。結果他們將他扯得最緊，鐵線整個嵌在肉裏。一開始他和其他的人關在一起，在看守所一間黑暗的監牢，不過隔天，有人將監牢的鐵門打開。他聽見自己的名字。一個士兵喊：「王青石！出來！」

童寶，警察局長——較正確的講法是為非做歹、四處斂錢的大流氓頭——站在他面前。他舉手行禮，然後脫下他的帽子。「王先生！委屈您囉！」

「呸！」他的那口痰正好吐在童寶的臉上。「髒鬼！」他心裏想：我們的帳還沒算清楚哩！

他還記得，那是戰爭結束童寶剛上任的事，他派屬下的警察去碼頭強收管理費。

　　殷一開始照月來收，伊忍咧予殷錢，想講做生理，和為貴。嘸過後來殷愈來愈超過，變做逐禮拜來，甚至八一禮拜來幾若擺，所以伊決定莫睬殷，拒絕交錢。結果，道安呢合童寶結冤仇。伊 e 漁船仔若入港，童寶道派警察上船，講卜查走私，一隻船仔給反加亂七八糟，閣禁止落貨，船頂 e 魚貨囥加強卜漚去。「咁講攏無政府啊？」伊一氣之下，去法院告伊瀆職。受理 e 法官宕一下桌仔，喝一聲：「去查！」

　　嘸過，法官合檢察官，畢竟攏是殷 e 人，殷講揣無證據，遂一直無結案。

　　有一工，警察局長童寶取人去碼頭給講：

　　「王先生，您再亂說話，小心您的漁船。我的意思是說，總有一天，我們會找到您走私的證據。或者，有什麼更嚴重的犯罪也不一定。哈哈！誰知道呢？」

　　阿伊道雙手展開，應講：

　　「做你去查！我王青石，不過是一個正正當當 e 生理人，我嘸信你有才調給我安怎。你閣去給你 e 部下講，吃相莫傷歹看，抑若無，一日恁予人銬去，莫怪我王青石無情。」

　　「好好，那我們就走著瞧！」

　　　　　※　　　　　※　　　　　※

　　暗暝已經夠位，月光所照 e 山頂樹橳，傳來暗光鳥 e 叫聲。伊值半昏迷中有時夯頭，看見一粒尚光 e 星掛值夜空……

　　他們一開始按月來收，他忍著給他們錢，想說做生意，和為貴。不過後來他們愈來愈誇張，演變成每個禮拜來，甚至曾經一個禮拜來幾次，所以他決定不理他們，拒絕交錢。結果，就這樣和童寶結了仇。他的漁船若進港，童寶就派警察上船，說要查走私，一艘船給翻得亂七八糟，又禁止下貨，船上的魚貨放到差點要腐爛掉。「難道都沒政府了？」他一氣之下，去法院告他瀆職。受理的法官拍一下桌子，喊一聲：「去查！」

　　不過，法官和檢察官，畢竟都是他們的人，他們說找不到證據，所以一直沒結案。

　　有一天，警察局長童寶帶人去碼頭告訴他：

　　「王先生，您再亂說話，小心您的漁船。我的意思是說，總有一天，我們會找到您走私的證據。或者，有什麼更嚴重的犯罪也不一定。哈哈！誰知道呢？」

　　而他便雙手攤開，回答說：

　　「你儘管去查！我王青石，不過是一個正正當當的生意人，我不信你能把我怎麼樣。你再去告訴你的屬下，吃相別太難看，要不然，哪天你們被人銬了，別怪我王青石無情。」

　　「好好，那我們就走著瞧！」

　　　　　※　　　　　※　　　　　※

　　夜晚已經來臨，月光所照的山樹，傳來夜鳥的啼聲。他在半昏迷中有時抬頭，看見一顆最亮的星掛在夜空……

……哼！童仔寶即個汰膏鬼，用即款小人 e 步數報復，誰知影，我竟然會死踮伊 e 手裏……

……後來，我猶會記，遐是舊年六月 e 代誌。童仔寶做夢嘛想未夠，我會紮錄音機去揣伊。伊掠準政府是殷兜開 e，會使烏白來，我偏偏道卜給教示。我卜予伊知影，我王青石，三十五隻船仔 e 頭家，嘛嘸是好惹 e。我逐個月納幾千箍予殷，安呢殷猶無夠氣，未見未笑，遐是阮辛辛苦苦討海趁 e 艱苦錢呢！講起來，評日本政府卡不如，人極加是值戰爭 e 尾期調我 e 一隻船仔去做運輸艦，而且，閣予我一張有天皇宮印仔 e 獎狀，誰親像伊安呢？活活道是汰膏鬼轉世。所以我特別開幾若萬，請人去日本買彼台間諜用 e 錄音機轉來。我去伊 e 辦公室揣伊，而且將彼台錄音機囥值我 e 褲袋仔。阿即隻豬仔竟然嘸知死活，全款明明白白威脅我。唉！我叫是即擺已經揣著證據，檢察官無理由無辦啊。結果代誌嘸是安呢。即個卑鄙小人，提即一二多位我身軀 lio⁵ 落來 e 一半錢去予彼個檢察官，閣給講，後手猶有。即件代誌，遂無聲無說予伊嵌去。

本底我想講，好啦，先給殷嚇驚一下，予殷嘸敢假病，安呢嘛好。誰知影殷遂愈來愈嬈掰，開嘴評卡早卡雄。對啦，道是彼工，阿茂仔雄雄狂狂走來給我講：

「少爺，代誌嘸好啊，警察仔位咱 e 船底抄著一枝槍出來。」

冤枉喔！這明明道是誣賴，我卜去叨生即枝槍？我問阿茂仔：「殷安怎講？」

「少爺，殷講若交十萬箍出來，會使替咱銷案。」

……哼！童仔寶這個骯髒鬼，用這種小人的伎倆報復，誰知道，我竟然會死在他的手裏……

……後來，我還記得，那是去年六月的事情。童寶做夢也想不到，我會帶錄音機去找他。他當真認為政府是他家開的，可以亂來，我偏偏就是要教訓他。我要讓他知道，我王青石，三十五艘船的頭家，也不是好惹的。我每個月繳納幾千塊給他們，這樣他們還不夠，不知羞恥，那可是我們辛辛苦苦出海賺的辛苦錢呢！講起來，比日本政府還不如，人家頂多是在戰爭的後期徵調我的一艘船去做運輸艦，而且，還給我一張有天皇蓋章的獎狀，誰像他這樣？明明就是污鬼轉世。所以我特別花了幾萬，請人去日本買了那台間諜用的錄音機回來。我去他的辦公室找他，而且將那台錄音機放在我的褲袋。而這隻豬竟然不知死活，同樣明明白白威脅我。唉！我以為這次已經找到證據，檢察官沒理由不辦了。結果事情不是這樣。這個卑鄙小人，拿這一二年從我身上剝下來的一半錢去給那個檢察官，告訴他，後頭還有。這件事情，竟悄悄地被他蓋住了。

本來我想，好啦，先給他們驚嚇一下，讓他們不敢造次，這樣也好。誰知道他們竟愈來愈驕縱，開口比過去還狠。對啦，就是那天，阿茂仔倉皇地跑來告訴我：

「少爺，事情不好了，警察從我們的船底抄出了一把槍。」

冤枉啊！這明明就是誣賴，我要去哪兒生出這把槍？我問阿茂仔：「他們怎麼說？」

「少爺，他們說若交十萬塊出來，可以替我們銷案。」

「呸！」

……所以自彼擺了後，我決定競選參議員，道是爲著卜對付
殷。實在是天公伯仔保庇，予我高票當選，只不過，誰知影殷會
藉即個機會……唉！怪我家己無細膩，阿原來殷，本底道是全一
掛 e……

　　　　※　　　　　※　　　　　※

因爲彼嘴瀾，伊 e 嘴 phoe² 予兵仔搌加腫起來。

「局長先生，司令交代了，這個暴民首謀就聽憑您的發落。」

「喔。司令還說什麼嗎？」

「司令說，大家都是自家人，就請您甭客氣。」

警察局長童寶位褲袋仔提一條手巾出來，將面頂 e 嘴瀾擦
掉。伊斡頭過來：

「喂！王先生，參議員閣下！您都聽見了吧？」

「哼！」

警察局長童寶用伊拄學猶未輪轉 e 台灣話講：「你放心，哈
哈！我未予你歹過 e ……」伊繼續講：「看在我們朋友一場，我終
究會讓你安息的！不過在這之前，參議員閣下，因爲您素來天不
怕地不怕，我也只好讓您嚐嚐恐懼的滋味，好教您在閻王面前不
至於太過囂張，我的這個苦心，還希望閣下體諒。」

　　　　※　　　　　※　　　　　※

「呸！」

……所以從那次以後，我決定競選參議員，就是為了要來對付他們。實在是老天爺保祐，讓我高票當選，只不過，誰知道他們會藉這個機會……唉！怪我自己不小心，而原來他們，本來就是同一夥的……

　　　　※　　　　　　　※　　　　　　　※

因為那口痰，他的臉頰被士兵打得腫起來。

「局長先生，司令交代了，這個暴民首謀就聽憑您的發落。」

「喔。司令還說什麼嗎？」

「司令說，大家都是自家人，就請您甭客氣。」

警察局長童寶從褲袋拿了一條手帕出來，將臉上的口水擦掉。他轉頭過來：

「喂！王先生，參議員閣下！您都聽見了吧？」

「哼！」

警察局長童寶用他剛學還不通順的台灣話說：「你放心，哈哈！我未予你歹過的……」他繼續說：「看在我們朋友一場，我終究會讓你安息的！不過在這之前，參議員閣下，因為您素來天不怕地不怕，我也只好讓您嚐嚐恐懼的滋味，好教您在閻王面前不至於太過囂張，我的這個苦心，還希望閣下體諒。」

　　　　※　　　　　　　※　　　　　　　※

　　伊道安呢幸綁值樹頭。三日前，伊 e 面容紅潤，猶是英氣盛盛 e 面，不過即馬，已經變做一蕾菳[lian]去而且泡水浮腫 e 草花。腳手予狗仔咬過 e 所在，因為落雨澹濕，孔嘴一直無法度堅 khi⁷，血滴了閣再滴，漸漸 puh 膿。位手 e 筋骨綁鐵線 e 所在開始爛去 e 細胞，嘛一寸一寸，親像烏色 e 蚼蟻爬歸身軀。伊感覺驕傲，因為伊嘸八驚嚇，除了瘍合衰弱，不過其實，伊清醒 e 時間嘛已經愈來愈少。即馬，道算醒過來，伊 e 目睭嘛完全 thi² 未開啊。

　　伊干那鼻著海水 e 鹹味，遐是伊自細漢鼻夠大漢 e 味。伊猶會記，五歲彼年 e 多至前，伊第一擺綴伊 e 多桑上船討海掠烏魚。船 e 引擎聲值半暝 e 碼頭博博叫，伊趴值船墘 e 欄杆，看烏暗中油金 e 海水，一步一步退後。然後，伊親像是倒值甲板一絪麻索之中睏去，直夠天光，伊值一陣討海人 e 喝咻聲中醒來。伊幹頭，天邊 e 日頭將大海染做一片金色，隨著海湧搖搖晃晃。陸地 e 山尾溜，只存青青 e 一條線浮值海面。位彼個方向，飛過來幾隻展翅 e 海鳥。

　　「燦！」一聲，殷下[he⁷]網。

　　「石仔！你要會記，總有一日，咱要有家己 e 漁船仔。這是多桑一世人 e 夢。」

　　閣來，伊十歲彼年，殷值一隻全新 e 漁船仔頂懸結炮仔，遐是值一個拄過年 e 百花 e 春天，殷 e 第一隻船 e 落水典禮。伊 e 多桑將伊夯值肩胛頭，伊猶會記，啪啦啪啦 e 炮仔聲裏充滿笑聲……

　　他就這樣被綁在樹下。三日前，他的臉色紅潤，還是英氣盛盛的臉，不過現在，已經變成一朵枯萎而且泡水浮腫的草花。手腳被狗咬過的地方，因為下雨潮濕，傷口一直無法結疤，血滴了又滴，漸漸長膿。從手的筋骨綁鐵線的地方開始爛掉的細胞，也一寸一寸，就像黑色的螞蟻爬滿全身。他感到驕傲，因為他不曾受驚嚇，除了癢和衰弱，不過其實，他清醒的時間也已經愈來愈少。現在，就算醒過來，他的眼睛也完全睜不開了。

　　他彷彿聞到海水的鹹味，那是他從小聞到大的味道。他還記得，五歲那年的冬至前，他第一次跟他的多桑上船討海抓烏魚。船的引擎聲在半夜的碼頭博博叫著，他俯在船邊的欄杆，看黑暗中油亮的海水，一步一步退後。然後，他像是躺在甲板一綑麻繩之中睡去，直到天亮，他在一陣討海人的喝喊聲中醒來。他轉頭，天邊的太陽將大海染成一片金色，隨著海浪搖搖晃晃。陸地的山頂尖，只剩青色的一道線浮在海面。從那個方向，飛過來幾隻展翅的海鳥。

　　「爍！」一聲，他們下網。

　　「石仔！你要記得，總有一天，我們要有自己的漁船。這是多桑一生的夢。」

　　接著，他十歲那年，他們在一艘全新的漁船上綁了鞭炮，那是在一個剛過年的百花的春天，他們的第一艘船的下水典禮。他的多桑將他舉在肩上，他還記得，啪啦啪啦的鞭炮聲裏充滿笑聲……

……多桑，你原諒我，我無予你失望。我勤儉打拚，即馬，值我ｅ手裏，有漁船三十五隻，值地方上，逐個人攏尊重咱ｅ家族。我無予你失望，多桑，多桑……

伊ｅ目屎流落來。伊ｅ頭殼內面，只存值即個世間最後ｅ幾絲仔印象。值茫茫之中，伊干那有聽見一陣笑聲，嘻嘻嘩嘩……伊知影，彼幾個兵仔又閣夠位，卜來對伊ｅ身軀旋尿，伊想卜開嘴，卜用伊最後ｅ一口氣給毲罵，嘸過，伊ｅ嘴，安怎都打未開。最後，伊聽見遐兵仔大聲細聲ｅ喝喊：

「啊！他媽的眞倒楣啊！他死了！眞是他媽的倒楣透了！」

　　　　※　　　　　※　　　　　　※

阿茂仔四界探聽幾若工，一直探聽未著卜去王家揩油ｅ彼個軍官ｅ消息。一直夠有人位看守所奉放出來，伊才知影，伊ｅ頭家已經過身去。

伊買一副棺材來夠山腳看守所ｅ門口，兵仔無要予入門，給喝：「抬回去，你是要觸我們楣頭不成？」所以伊只好提布袋入去。值樹腳，伊將王靑石爛去生蟲ｅ一塊一塊屍體挖出來，因爲傷臭，驚人鼻著，伊特別用二層ｅ布袋貯[te²]，閣驚值半路會落出來，道用草索值袋仔口箍四五輪，然後打死結。即馬，伊只想卜緊給扛轉去厝。伊一路行夠王家門口，敲一下門，若講若哭：「夫人，我將少爺取轉來啊！」

——2002/9/8

……多桑，你原諒我，我沒讓你失望。我勤儉打拚，現在，在我的手裏，有漁船三十五艘，在地方上，每個人都尊重我們的家族。我沒讓你失望，多桑，多桑……

他的眼淚流下來。他的腦袋裏面，只剩下在這個世間最後的幾絲印象。在茫茫之中，他彷彿有聽見一陣笑聲，嘻嘻嘩嘩……他知道，那幾個士兵又來了，要來對著他的身體撒尿，他想要開口，要用他最後的一口氣罵他們，不過，他的嘴，怎麼都打不開了。最後，他聽見那士兵大聲小聲的呼喊：

「啊！他媽的真倒楣啊！他死了！真是他媽的倒楣透了！」

※　　　※　　　※

阿茂仔四處探聽了幾天，一直探聽不到要去王家揩油的那個軍官的消息。一直到有人從看守所被放出來，他才知道，他的老闆已經過世了。

他買了一副棺材來到山腳看守所的門口，兵仔不讓他進門，喊著：「抬回去，你是要觸我們楣頭不成？」所以他只好拿著布袋進去。在樹下，他將王青石爛掉生蟲的一塊一塊屍體挖出來，因為太臭，怕人聞到，他特地用二層的布袋裝著，又怕在半路會掉出來，就用草繩在袋口綁了四五圈，然後打了死結。現在，他只想要快點扛他回家。他一路走到王家門口，敲一下門，邊講邊哭：「夫人，我將少爺帶回來了！」

——2002/9/8

阿貓不孝 e 故事

　　一九四七年三月初六，亦就是高雄要塞 e 軍隊位山頂打落來 e 彼一日 e 暗暝，歸個鹽埕埔罩值烏暗罨雨 e 夜霧之中。跨過鐵枝路連接壽山合鹽埕埔 e 陸橋頂，一直有軍卡車來來去去。即面，陸橋腳 e 小上海酒家大門深鎖，遐是一棟三層樓懸 e 樓仔厝，彼時值高雄，是少人有 e。酒家內面，四常充滿樂聲合笑聲 e 大廳，現在冷清冷清，只有四十外歲 e 頭家蔡阿貓合伊失明 e 老母罔市婆 e 人影。一隻隔壁人家飼 e 雞角仔，位歹去 e 雞籠走出來，咕咕咕值酒家 e 走廊行來行去。

　　「阿貓仔，你閣看覓咧，窗仔關有牢否？」

　　「阿娘！我確實巡過，攏關好勢啊。」

　　「嘸過，是安怎我一直聽著鼓吹 e 聲？安呢大聲細聲，干那侵門踏戶入來。遮呢暗啊，殷咁嘸免歇睏？」

　　「阿娘！遐是兵仔歆 e 鼓吹，犯人足濟，殷大概是卜將犯人載去三角公園 e 款。不過，殷會先遊街。」

　　「烏白來！道嘸是底迎神明，遊啥物街？」

　　「阿娘！殷將人綁值車頂，腳脊胼插一塊牌仔，歆鼓吹是底警告歹人莫出來作亂 e 意思。」

　　「夭壽骨！殷會來掠你否？你電火緊關關咧！」

［華語］

阿貓不孝的故事

一九四七年三月初六，也就是高雄要塞的軍隊從山上打下來的那一天晚上，整個鹽埕埔罩在黑暗飄雨的夜霧之中。跨過鐵路連接壽山和鹽埕埔的陸橋上，一直有軍卡車來來往往。這頭，陸橋下的小上海酒家大門深鎖，那是一棟三層樓高的樓房，那時在高雄，是少人有的。酒家內，平常充滿樂聲和笑聲的大廳，現在冷冷清清，只有四十多歲的頭家蔡阿貓和他失明的老母親罔市婆的人影。一隻隔壁人家飼養的公雞，從壞掉的雞籠裏跑出來，咕咕咕在酒家的走廊走來走去。

「阿貓仔，你再看看，窗戶關緊了嗎？」

「阿娘！我確實巡過，都關好了。」

「不過，爲什麼我一直聽見喇叭聲？這麼大聲小聲，好像堂堂皇皇進門來了。這麼晚了，他們難道不必休息嗎？」

「阿娘！那是士兵吹的喇叭，犯人很多，他們大概是要將犯人載到三角公園去的樣子。不過，他們會先遊街。」

「亂來！又不是在迎神明，遊啥街？」

「阿娘！他們將人綁在車上，背後插了一塊牌子，吹喇叭是警告壞人別出來作亂的意思。」

「夭壽骨！他們會來抓你嗎？你電燈趕緊關掉吧！」

「阿娘！今仔咱遮攏無電，本底道無電火。妳放心啦！我平常時仔合殷交情未歹，殷靴長官，逐暝攏值咱遮飲燒酒咧！」

「喔！」

殷二個母仔子恬恬值烏暗 e 酒廳坐一時仔，鼓吹聲閣達啦達啦經過一二擺。

「我道講啊，殷安呢欺負人，早慢要出大代誌。你看，殷咁嘸是定定無付酒數？莫怪人怨嘆。閣有，殷到底叨位來 e 錢通予殷天天醉？我看殷是訐日本人卡溫漉，阿貓仔，你值遮無妥當，我看猶是先去匿一暫啦！」

「阿娘，妳免驚啦！我講過，我無計較靴。我是好人，殷未掠我！」

卜經營酒家，蔡阿貓人人好，有一定 e 人脈合社會關係。尤其值日本時代伊八去夠唐山經商，唐山話會通，而且伊嘛瞭解唐山人 e 胃脾，知影安怎來安搭。戰後，伊是取[chhoa⁷]頭向「祖國人士」唱「歡迎歌」e 人，所以外省政商權貴，時常值小上海酒家出入。後來道算是白米紅糖一日三價、一般民眾生活困苦 e 時陣，小上海酒家，猶是夜夜歌舞 e 昇平之地。

自從台北 e 消息傳來以後，蔡阿貓道真謹慎，無啥敢出門。伊 e 厝邊有幾個值市政府吃頭路 e 職員來揣伊，講外省官員走了了，歸個社會亂加安呢，招伊出面參詳大計，維持社會治安。殷講：「若無，以後你阿貓兄 e 生理卜安怎做？」結果攏予伊推辭。伊講失禮，伊有一個青暝 e 老阿娘要照顧。自彼日開始，伊道將小上海酒家 e 大門關起來，暫停營業。其實，伊 e 心內是安呢

「阿娘！今天我們這兒都沒電，本來就沒電燈。妳放心啦！我平常和他們交情不錯，他們那些長官，每晚都在我們這兒喝酒呢！」

「喔！」

他們母子二個靜靜在黑暗的酒廳坐一下子，喇叭聲又達啦達啦經過一二次。

「我就說啊，他們這麼欺負人，早晚要出大事情。你看，他們難道不是常常不付酒錢嗎？別怪人家怨。還有，他們到底從哪來的錢讓他們天天醉呢？我看他們是比日本人還糟糕，阿貓仔，你在這裏不妥當，我看還是先去躲一陣子啦！」

「阿娘，妳別怕啦！我說過，我不計較那些。我是好人，他們不會抓我！」

要經營酒家，蔡阿貓和人人交好，有一定的人脈和社會關係。尤其在日本時代他曾到唐山經商，唐山話能通，而且他也瞭解唐山人的胃脾，知道如何來打理。戰後，他是帶頭向「祖國人士」唱「歡迎歌」的人，所以外省政商權貴，時常在小上海酒家出入。後來就算是白米紅糖一日三價、一般民眾生活困苦的時候，小上海酒家，仍是夜夜歌舞的昇平之地。

自從台北的消息傳來以後，蔡阿貓就很謹慎，不太敢出門。他的鄰居有幾個在市政府上班的職員來找他，說外省官員全跑光了，整個社會亂成這樣，邀他出面商量大計，維持社會治安。他們說：「要不然，以後你阿貓兄的生意要怎麼做？」結果都被他推辭。他說失禮，他有一個瞎眼的老阿娘要照顧。從那天開始，他

想：我道嘸是憨 gian³ 頭，若照怹 e 話做，後擺我 e 生理卜安怎？蔡阿貓知影，天大地大 e 代誌攏會過去，伊值唐山看過太濟；唐山人 e 性地，伊太瞭解咧。

——果不其然，軍隊打落來，肅清卜開始啊！伊安呢想。

伊將罔市婆扶去夠三樓 e 房間眠，然後行入去家己 e 房間。初春，猶真冷 e 夜風位窗仔縫鑽進來，伊將身軀縮［kiu］值棉照被內底，一面自言自語：「真緊道會過去，真緊道會過去……」

即馬，這是一個合平常時仔全款寂靜 e 暗暝，雖然窗外遠遠 e 所在若像閣有槍聲，不過無啥清楚，干那是值遠遠 e 一面大湖邊，有人向水面撆石頭，「咚！」e 回聲傳過來，閣慢慢仔消失去。伊知影，遐礙未著伊。伊值難得平靜 e 心境中眠去。

　　　　　※　　　　　※　　　　　※

事實上，即個暗暝，並嘸是真正靴呢平靜。蔡阿貓值半暝醒過來 e 時，槍聲已經真接近。

「阿貓仔！你起來看覓咧！是安怎啊？」罔市婆嘛值她 e 房間醒過來。

蔡阿貓位眠床頂跳起來。外面 e 雞角仔，咕咕咕叫加真厲害。然後，伊聽見有人打門 e 聲。

當伊三步做二步闖夠樓梯頭 e 時，聲音已經停止。

續落，伊聽著有一群兵仔走倚來，砰！砰！砰！值酒家 e 無外遠 e 街仔路直直彈槍。

就將小上海酒家的大門關起來，暫停營業。其實，他的心裏是這
麼想：我又不是傻大頭，若按照你們的話做，日後我的生意要怎
麼辦？蔡阿貓知道，天大地大的事情都會過去，他在唐山看過太
多；唐山人的個性，他太瞭解了。

　　——果不其然，軍隊打下來，肅清要開始了！他這麼想。

　　他將罔市婆扶到三樓的房間睡，然後走進自己的房間。初
春，還很冷的夜風從窗縫鑽進來，他將身子縮在棉被裏，一面自
言自語：「很快就會過去，很快就會過去……」

　　現在，這是一個和平常時候同樣寂靜的夜晚，雖然窗外遠遠
的地方像是還有槍聲，不過不太清楚，彷彿是在遠遠的一個大湖
邊，有人向水面丟石頭，「咚！」的回聲傳過來，又慢慢消失。他
知道，那礙不著他。他在難得平靜的心境中睡去。

　　　　※　　　　　※　　　　　※

　　事實上，這個夜晚，並非真的是那麼平靜。蔡阿貓在半夜醒
過來時，槍聲已經很接近。

　　「阿貓仔！你起來看看！是怎麼了？」罔市婆也在她的房間醒
過來。

　　蔡阿貓從床上跳起來。外頭的公雞，咕咕咕叫得很厲害。然
後，他聽見有人打門的聲音。

　　當他三步併成二步奔到樓梯口時，聲音已經停止。

　　接著，他聽見有一群士兵跑近了，砰！砰！砰！在酒家附近

彼群兵仔 e 腳步聲已經來夠小上海酒家 e 門口。蔡阿貓驚加歸身軀疲疲搐。

嘸通！嘸通！

伊煩惱靴兵仔會撞門，殷若撞入門，我卜安怎？我咁要走？我若走，阿娘卜安怎？蔡阿貓 e 心肝頭感覺真歹吉兆。

佳哉，遐腳步聲閣漸漸離開。

「阿貓仔！是安怎啊？」罔市婆輕聲仔問。

「嘸知呢。大概有人走位咱遮來，無代誌啦！」伊無意無意，安呢講。

不過，蔡阿貓聽著後壁巷仔若像有動靜。

「阿娘！無代誌啦！妳先睏。」伊安呢講，然後道躡腳尾行落樓腳。

才行落來，伊道聽見後壁門外面，有人聲音壓低底喝伊：

「阿貓兄！拜託咧！你緊開門咧！」

「誰啊？」

「是我啦！阿貴仔啦！」

「阿貴仔！你怎樣值遮？」

「唉呀！阿道……阿貓兄，橫直，你先予我入去我才給你講啦！我即馬匿值溝仔裏，活卜寒死！」對方安呢應。

即個阿貴仔，本底是值小上海酒家揪弦仔 e 樂師。伊合酒家 e 歌旦春繡相意愛，不過，道因為值酒席中，靴外省人不時對春繡腳來手來，若是人無卜就殷，道土雷雷 ouN²-ouN² 嘆，閣給人搧嘴 phoe²，予伊真不滿，所以伊對外省人有真深 e 怨嘆。一

的街道上一直開槍。

　　那群士兵的腳步聲已經來到小上海酒家的門口。蔡阿貓怕得全身發抖。

　　不行！不行！

　　他煩惱那些士兵會撞門，他們若撞進門，我要怎麼辦？我要跑嗎？我若跑，阿娘要怎麼辦？蔡阿貓的心頭感覺到壞預兆。

　　幸好，那腳步聲又漸漸離開。

　　「阿貓仔！是怎麼了？」罔市婆輕聲問。

　　「不知道啊。大概有人跑到我們這兒來，沒事啦！」他故作不在乎，這麼說。

　　不過，蔡阿貓聽見後面巷子好像有動靜。

　　「阿娘！沒事啦！妳先睡。」他這麼說，然後踮著腳尖走到樓下。

　　才走下來，他就聽見後門外，有人聲音壓低在喊他：

　　「阿貓兄！拜託啊！你快開門啊！」

　　「誰啊？」

　　「是我啦！阿貴仔啦！」

　　「阿貴仔！你怎麼在這？」

　　「唉呀！就是……阿貓兄，反正，你先讓我進去我再告訴你啦！我現在躲在水溝裏，快冷死了！」對方這麼回答。

　　這個阿貴仔，本來是在小上海酒家拉胡琴的樂師。他和酒家的歌旦春繡互相鍾情，不過，就因為在酒席中，那些外省人不時對春繡毛手毛腳，若是不順從他們，就粗聲粗氣地叫嚷，還刮人

怨嘆起來，道飲雄酒，講卜予殷好看，有時會起酒瘋，宓椅宓桌，喝講卜夯刀仔將殷宰死了了。八一擺，伊眞正闖入去灶腳卜夯菜刀，佳哉予總舖師阿火仔看著，將刀仔搶落來。

蔡阿貓不止一擺給警告，講伊安呢落去，會慘，叫伊卡準節咧。結果伊嘸聽，蔡阿貓只好給伊辭頭路。

「你咁誠實去揣靴外省仔？」

「阿貓兄！我給你講，即口氣，我吞未落！」

蔡阿貓手去按[hoaN⁷]值門閂，想想咧，嘸對，伊未使開，若伊開門予入來，兵仔閣來，安呢嘸是害了了？

「阿貓兄！你緊予我入去！我實在寒加卜死！」

「未使！兵仔等下閣會幹轉來。我看你緊走卡妥當！」

「我走未去啊啦！阿貓兄！我 e 腳腿，我 e 腳腿，著槍啊，足痛 e。」

「啥！你著槍！安呢嘸道流足濟血 e？」

「是啦！阿貓兄！拜託咧！」

「這……」

　　　　　※　　　　　※　　　　　※

嘸知當時，罔市婆嘛來夠位，她托[thuh]一枝枴仔，徛值蔡阿貓後面。

「阿貓仔！緊開門予人入來！」

「阿娘……」

耳光，讓他很不滿，所以他對外省人有很深的怨氣。一怨起來，就喝狂酒，說要讓他們好看，有時發起酒癲，敲桌子摔椅子，喊著要拿刀把他們全殺光。有一次，他真的衝進廚房要拿菜刀，幸虧廚師阿火仔看見，將刀搶下來。

蔡阿貓不止一次警告他，說他這麼下去，會很慘，叫他克制一些。結果他不聽，蔡阿貓只好辭了他的工作。

「你難道真的去找那些外省人？」

「阿貓兄！我告訴你，這口氣，我吞不下！」

蔡阿貓手按在門閂，想想，不對，他不能開，若他開門讓他進來，士兵又來了，這樣不是全完了？

「阿貓兄！你快讓我進去！我實在冷得要死！」

「不成！士兵等下還會回來。我看你快點走比較妥當！」

「我跑不掉了啦！阿貓兄！我的腿，我的腿，中槍了，很痛。」

「啥！你中槍了！那不就流了很多血？」

「是啦！阿貓兄！拜託啊！」

「這……」

　　　　※　　　　　※　　　　　※

不知何時，罔市婆也到了，她拄著一根枴杖，站在蔡阿貓身後。

「阿貓仔！快開門讓人家進來！」

「阿貓仔！你躊躇啥？緊開門予人入來，咁講，你卜活活看人死值咱兜門腳口是嘸[simh⁴]？」

「阿娘，伊有流血呢！安呢……」

「我叫你開門你有聽著否？」

罔市婆受氣啊！她e柺仔值土腳直直叩，雖然目睭看無，卻是thi²加足大蕾。

阿貓眞無奈，道將門打開，伊看見門外有一團烏影殗值土腳。「阿貓兄，失禮，多謝，我……」

蔡阿貓跍落，卜給攑[chhaN³]入來，手，去摸著一身軀e血。

道值即個時陣，大門口e雞角仔閣咕咕咕叫起來。

有人大力打門，彼個聲予蔡阿貓e心臟強卜定去。

伊細聲喝：「阿娘！是靴兵仔，靴兵仔眞正來啊！」

罔市婆身軀幹過，對大門口喊一聲：「是誰啊！」

「罔市婆仔，是我啦！慶元仔啦！妳緊開門，殷講有歹人匿來遮，殷卜入去看一下。」

蔡阿貓聽著安呢，歸個人崩倒值土腳。伊e阿娘罔市婆，手揚一下，叫伊取[chhoa⁷]阿貴仔緊走。

「嘸過阿娘妳……」

「免踩我，我叫你走，有聽著否？」罔市婆青瞑e目睭，親像底給伊凝。大門外口e人繼續底敲門。她一面揚手，一面喝喊：

「慶元仔，你給殷講，阮厝裏，存我一個老青瞑啦，無啥物歹人。」

「阿娘……」

「阿貓仔！你猶豫啥？快開門讓人家進來，難道，你要活活看人家死在我們家門口嗎？」

「阿娘，他有流血呢！這麼說……」

「我叫你開門你聽見沒有？」

罔市婆生氣了！她的柺杖在地上一直敲，雖然眼睛看不見，卻是睜得很大。

阿貓很無奈，就將門打開，他看見門外有一團黑影蜷縮在地上。「阿貓兄，失禮，多謝，我……」

蔡阿貓蹲下，要將他攙進來，手，摸著了滿身的血。

就在這時，大門口的公雞又咕咕咕叫起來。

有人用力地打門，那聲音讓蔡阿貓的心臟差點要停止。

他喊著：「阿娘！是那些士兵，那些士兵真的來了！」

罔市婆轉過身子，對著大門口喊一聲：「是誰啊！」

「罔市婆仔，是我啦！慶元仔啦！妳快開門，他們說有壞人躲來這兒，他們要進去看一下。」

蔡阿貓聽見，整個人崩倒在地。他的阿娘罔市婆，手揮一下，叫他帶著阿貴仔快跑。

「不過阿娘妳……」

「別理會我，我叫你跑，聽見沒？」罔市婆瞎了的眼睛，彷彿瞪著他。大門外的人繼續在敲門。她一面揮手，一面呼喊：

「慶元仔，你告訴他們，我們家裏，剩下我一個老瞎子啦，沒什麼壞人。」

　　結果，她聽著 e 是兵仔 e 喝聲：「他媽的，叫她開門就對了，囉唆什麼！再囉唆，我就先一槍把你給斃了！」

　　「罔市婆仔！罔市婆仔！拜託咧，緊開門啦！若無我會予殷打死！救命咧！」彼個叫做慶元 e 少年人直直敲門。

　　聽著安呢，罔市婆仔閣一次斡頭，吩咐她 e 後生緊走，續落，道柺仔托咧，「叩！叩！叩！」一步一步行向大門……

　　　　※　　　　　※　　　　　※

　　一九四七年三月初九，亦道是三日後 e 黃昏，山邊 e 夕陽照值巴洛克刻花 e 樓窗。逃走 e 蔡阿貓，偷偷仔轉來夠小上海酒家。

　　伊一入門，道鼻著一陣漚漉味。續落伊看著伊 e 阿娘，趴倒值客廳一枝破去 e 花矸邊仔，胸仔口一槍，腹肚邊一槍。一土腳 e 血已經焦去，堅一層干那是一塊烏色 e 吊膏。

　　伊哮出聲。

　　伊將罔市婆 e 身軀攬按按，嘴裏直直喝：「阿娘啊！阿貓不孝！阿貓不孝！阿貓不孝……」

　　一直夠夜暗夠位。

　　　　　　　　　　　　　　　　　　　——2002/12/14

結果,她聽見的是士兵的喝喊:「他媽的,叫她開門就對了,囉唆什麼!再囉唆,我就先一槍把你給斃了!」

「罔市婆仔!罔市婆仔!拜託啊,快開門啦!要不然我會被他們打死!救命啊!」那個叫做慶元的年輕人一直敲門。

聽見這樣,罔市婆再次轉頭,吩咐她的兒子快跑,接著,就拄著枴杖,「叩!叩!叩!」一步一步走向大門⋯⋯

　　　　※　　　　　※　　　　　※

一九四七年三月初九,也就是三日後的黃昏,山邊的夕陽照在巴洛克刻花的樓窗。逃走的蔡阿貓,偷偷回到小上海酒家。

他一進門,就聞到了一股腐爛的味道。接著他看見他的阿娘,仆倒在客廳一支破掉的花瓶旁邊,胸口一槍,肚子旁邊一槍。一地的血已經乾掉,硬成一片彷彿是塊黑色的吊膏。

他哭出聲。

他將罔市婆的身子抱得緊緊的,嘴裏一直喊:「阿娘啊!阿貓不孝!阿貓不孝!阿貓不孝⋯⋯」

一直到夜晚來臨。

——2002/12/14

[台語]

請問，阮阿爸……

幾若年後

「阮老母死了後，我才小可知影阮老爸 e 代誌。阮二伯仔叫我來揣你。伊講當初時，阮阿爸是你埋 e。我問過足濟人，才問著你搬來值遮。」

幾若年後，我來夠愛河邊一間鐵厝。即間鐵厝，值向河 e 巷仔邊，隔一條石頭仔路 e 對面，道是熱天 e 愛河塅岸。過晝 e 日頭照值河邊鳳凰樹 e 葉仔合樹根，一斑一點，嘛映在無風無搖 e 河水，熠熠發光。睏晝 e 時間，四周圍干那是呼吸暫停，陷入值寂靜之中。一寡長短 e 木材曝值壁邊，濕濕 e 水汽位柴枋[pang]裏蒸出來，有一陣干那是挂漬好 e 鹹魚 e 味。開門 e 是歐里桑林有夏。林有夏大約六十歲，頭毛瑤白，穿一領白色小可反黃 e 吊迦仔，一身軀 e 排骨烏金仔烏金，看起來猶真勇健。伊目睭眯咧，夯頭看位石頭仔路 e 方向。路裏無人，日頭光照加石頭仔路刺目起來。伊揚手，意思叫我入去。

鐵厝內面其實是小型 e 木材加工廠，正中一座鋸檯，角仔柴、隔枋、合板[pan²]、各種傢司頭仔……大大細細囥加歸內底，土腳攏是柴幼仔，壁邊有一扇窗，滲入來 e 光線裏，膺蓬蓬

［華語］

請問，我阿爸……

若干年後

「我的母親死後，我才稍稍知道我老爸的事。我二伯叫我來找你。他說當初，我阿爸是你埋的。我問過很多人，才問到了你搬來這裏。」

若干年後，我來到愛河邊一間鐵皮屋。這間鐵皮屋，在面向河的巷子旁，隔一條石子路的對面，就是夏天的愛河畔。過午的陽光照在河邊鳳凰樹的葉子和樹椏，一斑一點，也映在無風靜止的河水上，熠熠閃亮。睡午覺的時間，四周圍像是呼吸暫停，陷在寂靜之中。一些長短的木材曬在牆邊，濕濕的水汽從木頭裏蒸騰出來，有一股像是剛漬好的鹹魚味。開門的是歐里桑林有夏。林有夏大約六十歲，頭髮灰白，穿一件白色稍微變黃的無袖汗衫，一身的骨頭黑黑亮亮，看起來還很健壯。他瞇著眼睛，抬頭望向石子路的方向。路上無人，陽光照得石子路刺眼起來。他揮手，意思叫我進去。

鐵皮屋裏其實是小型的木材加工廠，正中一座鋸檯，角柴、隔板、台板、各種工具……大大小小塞得滿滿，地上都是小木塊，牆邊有一扇窗，滲進來的光線裏，飛舞一片的木屑在旋轉。

e 柴麩底旋轉。角落 e 椅頭仔頂有一台 La-ji-ou 底放送，電台 e 主持人當底賣藥仔。

　　　　※　　　　※　　　　※

　「我一定是攪擾啊……」
　「無啦！你坐！你坐！」
　阮面對面坐咧，恬恬勃[pouk]薰。
　「你位叨來 e？」
　「台南。」
　「嗯我想起來，恁老母仔有講過，恁搬去值台南。十幾多啊喔，她來揣我。」
　「哦？」
　「彼當陣，她來問我恁老爸仔埋值叨，人卜開路，要 khioh 骨，她逐揣無墓。我 chhoa⁷ 她去，結果，恁老爸仔 e 墓予一抱野草嵌牢咧。」
　「坦白講，我嘛八去過阮阿爸 e 墓，阮老母無卜講。落尾，她給伊安值寺裏，我才通去。」
　「哦……」
　「歐里桑，我想卜請問，彼時陣，阮老爸……」
　伊深深點一個頭，然後又閣點一枝薰。薰烟慢慢上升、散開，值窗光之中旋轉。
　下面是伊對我所講 e 話：

角落的凳子上頭有一台收音機在播放著，電台的主持人正在推銷
藥品。

　　　　※　　　　※　　　　　※

「我一定是打擾了……」

「沒啦！你坐！你坐！」

我們面對面坐下，靜靜抽菸。

「你從哪來的？」

「台南。」

「嗯我想起來，你的母親有講過，你們搬去台南。十幾年了
啊，她來找我。」

「哦？」

「那時候，她來問我你爸埋在哪裏，人家要開路，要撿骨，
她竟找不到墳墓。我帶她去，結果，你爸的墳被一叢野草蓋住
了。」

「坦白講，我不曾去過我爸爸的墳，我的母親不願說。最
後，她把他安在寺裏，我才能去。」

「哦……」

「歐里桑，我想要請問，那時，我爸爸……」

他深深點一個頭，然後又再點上一根菸。薰烟慢慢上升、散
開，在窗光中旋轉。

下面是他對我所講的話：

是，恁老爸仔是我埋 e

彼時陣我三十出頭歲。我是澎湖人，十五歲道來高雄學做木，續落娶某生子，滯值鹽埕埔五層樓仔後壁。無嘸對，恁老爸殷兄弟仔滯值阮彼箍笠仔，殷徛鬥陣。殷厝裏有一頂總舖眠床，是我去釘 e。我猶會記，恁二伯仔是第五鄰 e 鄰長，光復了，恁二伯仔對衆人 e 代誌足熱心 e，所以伊做鄰長。其實阮定定做夥飲燒酒。飲啊！是安怎嘸飲？你知否，咱台灣人，伊娘咧，卡輸人 e 細姨仔子，新婦仔命啦！你知否，殷來彼工，阮閣值路頭搭一座靴呢高 e 牌樓，松梧 e 呢！結果，靴畜牲……你講啥？八啦！恁老爸仔我哪會嘸八？伊合我差不多歲，因爲禿額，我攏叫伊阿禿仔。伊生著眞大漢，值日本時代，伊是田町壯丁團 e 團長，哦！伊遲木劍[bok-khian²]舞起來，赦赦叫！驚倒人，未輸咧做風颱咧！伊讀過公學校，落尾光復了，有人介紹伊去看守所做採購。酒喔？伊嘛飲，飲無像我遮濟道有影。你今年幾歲？喔，三十二，安呢彼年阮嘛差不多你晉 e 歲。恁老爸仔疼你啦，你滿月，他行[heng⁷]紅卵行夠戲院靴去。我給講，你好額喔？即馬物件遮貴。伊講，子伊 e，伊歡喜，講我目孔赤。我咧目孔赤？我子生四五個，哖道未赴啊，我目孔赤卜創啥？不過，橫直伊疼你啦！伊疼你啦！道是安呢。你卜飲酒否？我去 kam² 仔店攢，今仔日咱飲一杯……未啦！費氣啥？kam² 仔店值隔壁爾啊……

對啦！我晉才發覺，你合恁老爸仔生得足全面 e，特別是恁

是，你爸爸是我埋的

當時我三十多歲。我是澎湖人，十五歲就來到高雄學木工，接著娶妻生子，住在鹽埕埔五層樓仔後面。沒錯，你老爸他們兄弟住在我們那一帶，他們住在一起。他們家裏有一張通舖床，是我去釘的。我還記得，你二伯是第五鄰的鄰長，光復後，你二伯對衆人的事很熱心的，所以他當鄰長。其實我們常常一起喝酒。喝啊！爲什麼不喝呢？你知道嗎，我們台灣人，他娘咧，還不如人家小老婆的孩子，童養媳的命啦！你知道嗎，他們來那天，我們還在街口搭了一座那麼高的牌樓，紅檜的呢！結果，那些畜牲⋯⋯你講什麼？認識啦！你爸爸我哪會不認識？他和我差不多年紀，因爲禿額，我都叫他阿禿仔。他長得高壯，在日本時代，他是田町壯丁團的團長，呼！他那木劍揮舞起來，嚇嚇叫！嚇死人，像是刮颱風呢！他讀過公學校，後來光復了，有人介紹他去看守所當採購。酒喔？他也喝，不像我喝這麼多就是了。你今年幾歲？喔，三十二，這麼說那年我們也差不多你現在的歲數。你爸疼你啦，你滿月，他分送紅蛋分送到了戲院那頭去。我告訴他，你有錢喔？現在東西這麼貴。他說，兒子他的，他歡喜，說我眼紅。我還眼紅咧？我孩子生了四五個，哭都來不及了，我爲什麼要眼紅？不過，反正他疼你啦！他疼你啦！就是這樣。你要喝酒嗎？我去雜貨店拿，今天咱喝一杯⋯⋯不會啦！麻煩什麼？雜貨店在隔壁而已啊⋯⋯

對啦！我現在才發覺，你和你老爸長得還眞像，特別是你們

彼個頭殼額仔，若全一個模仔印出來 e 咧……唉！想未夠，你嘛
三十二啊！阿禿仔若無死……

即件代誌，其實我真久無閣想啊。

有時仔我看咱人啊，唉呀，一枝草枝啦，lap 落道扁去啊
啦；是講，扁去歸氣道予扁去好啦，閣想卜爬起來創啥？憨憨仔
過日啦，予狗 lap 予豬 lap 嘛是攏差不多，日頭曝落夠底，全款
lian 去。賤命啦！你誠實嘸飲一杯？好啦，無，你飲茶，嘸通客
氣。

其實彼日我嘛險予靴畜牲打死。阮厝內 e 米甕拄好無米，所
以我透早道去三塊厝靴買二斗米轉來，差不多卜倚晝 e 時陣，我
提米袋去還。出門晉前，阮某煩惱加，她講前一日，陸橋腳靴有
一個電力公司 e 人予兵仔打死，叫我莫出門。我給講，哪會使？
買賣是安呢，咱米袋無提去還人，人卜安怎做生理？我閣給講，
我無做啥，殷未對我安怎。是啊，卡早日本時代，官府歹是歹
[phaiN²]，掠人嘛要閣講道理，我無做啥物代誌，官府掠我創
啥？晉想起來，彼時陣有影真悾 am。其實講破是安呢啦，我想
卜順續去揣我一個朋友飲燒酒。伊滯值南台路靴。所以我米袋還
還咧道去揣伊。結果才飲無二嘴，阮道聽著答答答 e 槍聲。阮緊
跳起來。外面有人底喝，兵仔打落山來啊，閣衝對車頭靴去，夭
壽骨！有幾若台卡車 e 兵仔，我道想講要緊轉去。想未夠一出
門，遂看著有人拳打死值路中央。靴兵仔將槍架值大路口，答答
答！答答答！看著人道彈。我道緊幹入去巷仔，一路匿，一路
逃，哦！佳哉，閣走有轉來，才死無去。我一轉夠厝，道聽講市

那個額頭，像是同一個模子印出來的咧⋯⋯唉！想不到，你也三十二了啊！阿禿仔若沒死⋯⋯

這件事，其實我很久沒再想了。

有時我看咱們人啊，唉呀，一根草桿啦，踩下去就扁掉啦；是說，扁掉乾脆就讓他扁掉好啦，還想要爬起來做什麼？傻傻的過日子啦，讓狗踩讓豬踩不是都差不多嗎，太陽一曬下來，同樣都枯萎掉。賤命啦！你真的不喝一杯？好啦，不然，你喝茶，不必客氣。

其實那天我也險些被那些畜牲打死。我家裏的米甕正好沒米，所以我一大早就去三塊厝那裏買二斗米回來，差不多要近午的時候，我拿米袋去還。出門前，我太太煩惱得很，她說前一天，陸橋下那裏有一個電力公司的人被士兵打死，叫我別出門。我告訴她，怎麼行？買賣是這樣，我們米袋沒拿去還人家，人家要怎麼做生意？我又告訴她，我沒做什麼，他們不會對我怎麼樣。是啊，以前日本時代，官府兇是兇，抓人也還要講道理，我沒做什麼事，官府抓我幹嘛？現在想起來，那時候確實傻透了。其實說破是這樣啦，我想要順便去找我一個朋友喝酒。他住在南台路那一帶。所以我米袋還完就去找他。結果才喝不上二口，我們就聽見答答答的槍聲。我們趕緊跳起來。外面有人喊著，士兵打下山來了，又衝向車站那裏去，夭壽骨！有幾輛卡車的士兵，我就想說要快回去。想不到一出門，竟看見有人被打死在路中央。那些士兵將槍架在大街口，答答答！答答答！看到人就打。我就快轉進巷子，一路躲，一路逃，呼！幸虧，還跑得回來，才

政府靴死足濟人 e。阮歸家夥仔驚加破膽，攏匿值眠床腳。街仔路一直有槍聲，過二三工才靜落來。

一靜落來，恁二伯仔道走來揣我。我猶會記，彼工落雨，伊沃加歸身軀澹漉漉，臭汗酸味足重，一個面花貓貓，看起來眞悽慘。伊走來揣我，講恁老爸仔予兵仔打死啊，是值愛河邊 e 一個紅毛土管[kong²]裏揣著 e，伊叫我詮[chhoan⁵]隔枋，卜給恁老爸仔做壽入木。彼一工市政府有請一寡土公仔，用 sak 車仔給遐無人認 e 屍體運去林德官 e 墓仔埔埋，恁二伯仔熟識其中一個，道拜託伊，講若夠位先莫入土，等我過處理。伊講了，道斡咧講伊要轉去厝通知，先走啊，阿我道緊詮物件傢司。隔枋拜託二個厝邊鬥腳手扛過，我嘸敢提槓槌仔值路裏行，道揹一卡袋仔，將物件攏园入去，因爲驚夠時揣無恁老爸道害啊，所以我先趕過。

出門 e 時，雨小可停啊，不過天色烏陰。我無迊過市政府，直接行五福路。即條路自日本時代道有啊，開加足大條 e，直接位鹽埕埔通夠林德官。當然囉，彼時陣猶是石頭仔路。阿靴土公仔 e sak 車仔道是順愛河行，夠五福橋才斡過林德官去 e。靴 sak 車仔一台疊四五具 e 屍體，大約有五六台，來來去去。車沿路 sak，血道沿路滴。我行上五福橋，看著遐 sak 車仔 e 車輪仔跡[jiah]，一跡一跡，紅吱吱，親像是予刀仔 lio⁵ 過 e 傷刞，安呢一路 lio⁵ 夠林德官去。有 e 血已經結做歸角 e 血角，卡大粒 e 結做血球，雨閣落落來 e 時，道 khi-khi-khok-khok，值歸條路糊糜仔路裏輦。啊！我給你講，我即世人嘸八看過評遮閣卡驚

免了一死。我一回到家，就聽說市政府那裏死很多人。我們全家嚇破膽了，都躲在床下。街道上一直有槍聲，過二三天才靜下來。

一靜下來，你二伯就跑來找我。我還記得，那天下雨，他淋得全身濕答答的，汗臭味很重，一個臉花得像貓似的，看起來眞悽慘。他跑來找我，說你爸被士兵打死了，是在愛河邊的一個水泥管裏找到的，他叫我準備隔板，要替你爸做棺木入殮。那天市政府找來一些專理喪葬事的土公仔，用推車將那些無人認領的屍體運到林德官的墳區埋，你二伯認識其中一個，就拜託他，說若到了先別入土，等我過去處理。他說完，就轉身說他要回家通知，先走了，而我就趕快準備工具。隔板拜託二個鄰居幫忙扛過去，我不敢拿鐵槌在路上走，就捎了個袋子，將東西都放進去，因爲怕到時候找不到你爸就糟了，所以我先趕過去。

出門時，雨稍停了，不過天色陰暗。我沒繞過市政府，直接走五福路。這條路從日本時代就有了，開得很大一條，直接從鹽埕埔通向林德官。當然囉，那時還是石子路。而那些土公仔的推車就是順著愛河走，到五福橋才轉向林德官去的。那些推車一輛疊四五具的屍體，大約有五六輛，來來往往。車沿路推，血就沿路滴。我走上五福橋，看見那些推車的車輪軌跡，一道一道，紅紅的，像是被刀子劃過的傷痕，這樣一路劃到林德官去。有的血已經結成了整塊的血塊，較大顆的結成了血球，雨再落下來的時候，就乒乒乓乓，在整條泥巴路上滾著。啊！我告訴你，我這輩子不曾看過比這更嚇人的了！我在路上的一輛推車上找到你爸阿

人 e 啊啦！我值路裏 e 一台車仔頂揣著恁老爸阿禿仔，伊禿頭，卡好認，我揣著伊 e 時，伊 e 外衫褲已經予人剝了了啊。靪土匪！駛殷 X，靪土匪……

值林德官，靪土公仔是挖大約七尺立方 e 土坑，一車一坑，然後將死者埋入去。唉，想起來眞凊采啦，連一領草蓆都無。恁老爸仔頭殼著一槍，身軀著幾若槍，歸身軀 e 血流了啊，干那消水去 e 茄仔，lian 舖舖，身上 e 血跡已經堅焦去，實在是足可憐 e。我給伊 e 壽木釘好，將伊囥入去，一想著伊前幾日猶活跳跳，阮猶做夥飲燒酒，我想著道目屎流。我給講：阿禿仔，你安呢做你走，你 e 某子卜安怎？阿你 e 子，猶遮細漢……

想未夠，即馬，你嘛三十二啊，恁老爸仔有靈聖，一定足歡喜 e 啦！

本底我卜等恁厝裏 e 人來封釘，嘸過，靪兵仔直直對我相，我感覺眞驚嚇[hiaN⁵]，而且雨閣卜大陣起來，我只好直接給封釘。我給恁老爸仔講：阿禿仔，失禮啦，今仔日恁厝裏大細漢未赴來看你，辜不二衷，實在是不得已，你嘸好怨嘆。你好禮仔行，好禮仔行乎！最後，我合晉前鬥扛隔枋來 e 二個厝邊，緊挖一個土坑，將恁老爸仔埋入去。

以上

歐里桑目睭瞇瞇，身軀 the 值椅靠。當伊目睭閣 peh 開 e 時，歸個目箍攏紅起來。

「眞多謝，歐里桑，阮老母從來嘸八講著阮老爸。我自細漢

禿仔，他禿頭，比較好認，我找到他的時候，他的外衣褲已經被人剝光了。那些土匪！駛他們的Ｘ，那些土匪⋯⋯

在林德官，那些土公仔是挖大約七尺立方的土坑，一車一坑，然後將死者埋進去。唉，想起來真隨便啦，連一件草蓆都沒有。你爸頭殼中一槍，身體中了幾槍，全身的血流完了，像是消了水的茄子，乾扁扁的，身上的血跡已經乾硬了，實在是很可憐。我把他的棺木釘好，將他放進去，一想到他前幾天還活蹦亂跳，我們還一起喝酒，我想到就流淚。我對他說：阿禿仔，你這麼任你走了，你的妻兒要怎麼辦？而你的孩子，還這麼小⋯⋯

想不到，現在，你也三十二了，你阿爸有靈聖，一定很歡喜的啦！

本來我要等你家裏的人來封釘，不過，那些士兵一直對著我瞧，我感到很怕，而且雨又要大起來了，我只好直接封了釘。我告訴你爸：阿禿仔，失禮啦，今天你一家大小來不及來看你，無可奈何，實在是不得已，你別怨。你小心走，你小心走啊！最後，我和之前幫忙扛隔板來的二個鄰居，趕緊挖了個土坑，將你老爸埋進去。

以上

歐里桑眼睛閉著，身子靠躺在椅背上。當他眼睛再度睜開時，整個眼眶都紅了起來。

「真多謝，歐里桑，我的母親從來不曾講起我老爸。我從小

道無滯值高雄，我是值台南大漢。」

「我知啦。我想，她一定是眞怨嘆。其實，恁老爸仔是代替恁二伯仔死 e，彼工市政府卜開會，因爲恁二伯仔是鄰長，殷派人來通知，結果恁二伯無值咧，所以恁老爸仔才會代替伊去。誰知影，一去，道無轉來。唉！我有苦勸恁老母啦！我講，人也嘸是恁二伯仔宰 e，哪會使怪伊。嘸過，她聽未落。我想，她一定足怨嘆 e……」

我拜託歐里桑給我講五福路卜安怎行，然後，道向伊告辭。這是 1970 年代 e 代誌。我徛值黃昏前金色日光燦燦 e 五福橋頂，想卜揣著當年 e 血跡，嘸過當然，我是揣無啊。車輛值點仔膠路頂面來來去去。我想，伊 e 血，可能早已經予彼日 e 雨水沖入去大海，流對一個我嘸知 e 所在去咯……

——2003/4/12

就不住在高雄，我是在台南長大的。」

「我知道啦。我想，她一定很怨恨。其實，你老爸是代替你二伯死的，那天市政府要開會，因為你二伯是鄰長，他們派人來通知，結果你二伯不在，所以你老爸才會代替他去。誰知道，一去，就沒回來。唉！我有苦勸過你媽啦！我說，人又不是你二伯殺的，怎麼可以怪他。不過，她聽不進去。我想，她一定是很怨的……」

我拜託歐里桑告訴我五福路要怎麼走，然後，就向他告辭。這是 1970 年代的事。我站在黃昏前金色陽光燦爛的五福橋上，想要找到當年的血跡，不過當然，我是找不到了。車輛在柏油路上來來往往。我想，他的血，可能早已經被那天的雨水沖進大海，流往一個我所不知道的地方去了……

——2003/4/12

［台語］

人力車伕

叨位有人被逼生活值散赤之中，
靴 e 人權就被看輕、剝削，
團結起來爲著予人權受尊重，
是咱 e 神聖義務。
　　　——Joseph Wrensinski，巴黎自由人權廣場碑文

1

　　我即暫捷捷底想，彼四斗米給我害加眞悽慘。

　　陳桑果然是來搵我啊，我開始底認眞考慮，咁眞正要將阮老爸放 e 祖厝賣掉？

　　陳桑四十出頭歲，是一個古物商，體格中等，lam³ 一個腳桶肚，若講伊彼個腳桶肚，值咱即個年多是眞罕見 e。伊滯值苓仔寮偎近海港 e 低厝仔。殷厝合港區 e 牆圍仔之間有一片空地，伊用竹籬笆給空地圍起來，起一間倉庫，然後道將一四界去沽［kou²］來 e 中古物件囥值 hin²。倉庫內面啥物攏有，其中嘛有小可歹去 e，伊給提來修理好勢，變做會用得 e 物仔，才閣賣出

[華語]

人力車伕

哪裏有人被迫生活在赤貧中，
那裏的人權就被忽視、剝奪，
團結起來爲使人權受到尊重，
是我們的神聖義務。
　　——Joseph Wrensinski，巴黎自由人權廣場碑文

1

我這一陣子常常在想，那四斗米把我害得可眞慘。

陳桑果然是來找我了，我開始認眞考慮，是不是眞的要將阿爸留給我的祖厝賣掉？

陳桑四十出頭歲，是一個古物商，體格中等，挺著一個水桶肚，講起他那個水桶肚，在我們這個年代是很少見的。他住在苓仔寮靠近海港的矮房子裏。他的房子和港區圍牆之間有一片空地，他用竹籬笆將空地圍起來，又蓋了一間倉庫，然後就把到處去沽來的中古東西放進裏頭。倉庫裏什麼都有，其中也有稍稍壞掉的，他把它們修理好，變成可用的物品，才又賣出去；東西好

去;物件好用實在,價數嘛公道。晉前,我八給買過一個鼎合一個衫仔架。我知影伊大約是有趁一寡錢,特別是拄戰後 e 時,日本人卜轉去,將厝裏 e 物件俗俗賣出來,予伊沽著未少好物。當然,過去伊合日本人有一定 e 關係,伊做人做事真忠厚,人人好,值地方上 e 人緣一向未歹,阿即馬,經過彼層大代誌,物件更加起價,伊倉庫內面 e 物仔幾個月內變加價值連城,雖然安呢,伊猶是講話客氣。伊 e 好名聲確實是有原因 e。

伊笑笑仔講:「橫直你米是還未起啊,我看,即間厝沽沽來 thap 好啦!閣會使存寡錢,生活卡好過!」

伊入來 e 時,阮阿母當坐值椅條頂懸底編鱔魚籃,她聽著安呢,手頭 e 空缺停咧,問講:「啥物米?貴仔,咱 e 米咁給伊賒 e?」

「嘸是啦!阿母,這……」我歸個人感覺見笑起來。

我講:「陳桑,我看,即層咱莫值遮講,借一腳步,咱來外面參詳。」

陳桑嘛是維持伊 e 笑容,伊講:「無啦,貴仔,歐巴桑底關心,咱嘛道予瞭解,對否?」伊斡頭給阮阿母講:「歐巴桑,是安呢啦!三個月前,貴仔給人做保,即馬彼個人無去啊,即條數[siau³]總是要清一下。無啦!無啥物大代誌啦!你嘸免煩惱!」對伊 e 客氣合禮貌,我感覺非常 e 敬佩,正港是陳桑啊!

阮阿母聽著安呢,身軀胱[tio⁵]一下,講:「貴仔!你給誰做保?」

我講:「阿道是咱彼個老厝邊阿榮啊!伊彼時陣卜給陳桑買

用實在，價錢也公道。先前，我曾向他買過一個鍋子和一個衣架。我知道他大約是賺了些錢，特別是剛戰後，日本人要回去，就將家裏的東西便宜地賣出來，讓他沾到了不少好東西。當然，過去他與日本人有一定的關係，他待人處事真厚道，面面俱到，在地方上的人緣一向不錯，即使現在，經過了那件大事，物價漲得更兇，他倉庫裏的東西幾個月內變得價值連城，雖然這樣，但他說話還是客客氣氣的。他的好名聲確實是有原因的。

他笑笑地說：「反正你的米是還不起了，我看，這房子就估一估價，來充個數好啦！還能存點錢，生活也好過些！」

他進來的時候，我的老母親正坐在長椅凳上編製鱔魚籃子，她聽到這些話，手上的工作就放下來，問道：「什麼米？貴仔，我們的米就是向他賒的嗎？」

「不是啦！阿母，這……」我整個人感覺羞愧起來。

我說：「陳桑，我看，這事我們別在這裏談吧，借一步，我們到外頭商量。」

陳桑還是維持著他的笑容，他說：「不必啦，貴仔，歐巴桑正關心著，我們也得讓她瞭解，對不對？」他轉頭對我母親說：「歐巴桑，是這樣啦！三個月前，貴仔替人做保，但現在那個人不見了，這帳總是要清一下。沒啦！沒什麼大事啦！你不必煩惱！」對他的客氣和禮貌，我感覺非常的敬佩，不愧是陳桑啊！

我的母親聽著，身體顫了一下，說：「貴仔！你替誰做保？」

我說：「就是我們的那個老鄰居阿榮啊！他當時要向陳桑買車，錢不夠，寫借據欠了四斗米，我做保的。」

車仔，錢無夠，寫借據欠四斗米，我做保e。」

「啥！四斗米？」阮老母聽著安呢，隨道目屎流落來：「貴仔！咱卜去叨生四斗米出來？」

我講：「阿母，你放心啦，我會想辦法！」

阮阿母道罵我：「你即個不肖子，講未聽！當時才會出脫？」她大聲哮出來。

我斡頭給陳桑講：「陳桑！拜託咧！咱來外面參詳，莫值遮講。」

陳桑嘛是笑笑，伊向阮阿母行一個禮，講：「歐巴桑，真失禮，予妳煩惱啊。我純粹是好意。」然後，伊道細聲給我講：「王少校你八否？」

我驚一眺，想卜講嘸八，不過，我看陳桑已經知影啥物代誌，只好點頭。

伊講：「是安呢啦，伊提一寡物仔來賣我，想講我人面卡闊，道問我一個人e消息。伊問e是一個扭〔giu²〕車仔e，瘦猴瘦猴，小可隱龜……」伊目光定直看我，予我歸身軀出汗。

「伊講彼日值酒家門口，警察局長e烏頭仔車，道是予彼個車伕煽動燒去e……你放心啦！我講我嘸八彼個人啦……不過，唉呀！你哪會遮呢無細膩？」

「嘸是啦！嘸是伊講e安呢啦！」我向陳桑解說。

陳桑給我e手骨搭二下，講：「無要緊啦！我目前是無打算卜給你貴仔e名講出來啦！」

伊嗽一聲，最後講：「無你才閣考慮看覓！我無趕緊，你後

「啥！四斗米？」我的老母親一聽，一下子就流下眼淚來：「貴仔！咱們要去哪裏生這四斗米出來啊？」

我說：「阿母，你放心啦，我會想辦法！」

我的老母親就罵我：「你這個不肖子，講不聽！什麼時候才會爭氣？」她大聲地哭出來了。

我轉頭對陳桑說：「陳桑！拜託啊，咱們到外頭商量，別在這談。」

陳桑還是笑著，他向我的老母親行了個禮，說：「歐巴桑，真失禮，讓妳煩惱了。我純粹是好意。」然後，他就輕聲地問我：「王少校你認識嗎？」

我嚇一跳，想說不認識，不過，我看陳桑好像已經知道什麼了，只好點頭。

他說：「是這樣啦，他拿了一些東西來賣給我，想我人面比較廣，就順道問我一個人的消息。他問的是一個拉車的，瘦瘦地像隻猴子，稍稍地駝著背……」他的眼光直凝我，讓我出了一身汗。

「他說那天在酒家門口，警察局長的黑頭座車，就是教那個車伕給煽動燒掉的……你放心啦！我說我不認識那個人啦……不過，唉呀！你怎麼這麼不小心呢？」

「不是啦！不是他講的這樣啦！」我向陳桑解釋。

陳桑在我的手臂上拍了二下，說：「不要緊啦！我目前是不打算要講出你貴仔的名字啊！」

他咳了一聲，最後說道：「要不然，你再考慮看吧！我不趕

禮拜給我講道會使。」

離開晉前，伊猶是真有禮貌，再一次向阮阿母行禮。

2

若講扭[giu²]人車[lang⁵-chhia, 人力車]，我算是老字號啦。無法度，無讀冊，啥物穡[sit]頭都未曉。阮老母給我講：「無你去扭車好啦，講好額是未好額，尙無嘛閣通度三頓。」所以我自 15 歲道值車頭扭車。其實阮厝算是大家族，阮老爸是 ban⁷仔子，不過伊早死，落尾手阮老母分一間厝徛，道無閣合家族 e 人來往。她值人 e 田裏做穡，厝裏無啥物錢。早當時一台車 1000 箍，貴蔘蔘，會使買一甲田，買車 e 錢嘛是阮老母齒根咬咧，向殷頭家借 e。彼陣高雄車頭值哈瑪生，阮講是舊車頭，載客 e 車班無像即馬靴濟，不過我 e 生理未歹，因為骨力腳手緊，有未少固定老客戶，若扭著卜去碼頭坐船 e 日本人客，有時仔閣會加一寡賞圓。安呢落來，一日收入會使夠一箍半二箍，算是猶未歹。儉落來 e 錢，我道逗逗仔還人。昭和 16 年，高雄車頭徙去鮸港埔，閣來一直夠光復了，我攏是值鮸港埔合鹽埕埔之間扭車。我早時仔值車頭前等班，暗時仔，道來夠鹽埕埔 e 酒家門口扭人客。

扜光復 e 時陣，鮸港埔靴猶算偏僻，無滯啥物人，道是車站附近有一寡徛家厝，有幾間旅社，閣有一寡賣小吃 e 小擔，差不多是安呢。算起來，鹽埕埔道加真鬧熱，酒家啦，戲院啦，店面啦，會使講是一片繁華。尤其是酒家，光復了加幾若間出來，一

急，你下禮拜告訴我就行了。」

離開前，他還是很有禮貌，再一次地向我的老母親行禮。

2

若說起拉人力車，我算是老字號啦。沒辦法，沒讀什麼書，啥事都不會。我的母親就告訴我：「不然你去拉車好啦，說富呢是富不成，但至少也可度個三餐。」所以我自十五歲就在車站拉車了。其實我家算是大家族，我的父親是最小的兒子，不過他死得早，後來我的母親分得了一間房子住，就不再和家族的人來往了。她佃耕在別人家的田裏，家裏頭沒什麼錢。很早的那個時候，一輛人力車一千塊，貴得很，可以買一甲田地，買車的錢也是我的母親咬著牙，向她的頭家借的。那時高雄車站在哈瑪生，我們說是舊車站，載客的班次不像現在這麼多，不過我的生意不算差。因為勤快，有不少固定的老客戶，如果遇到了要去碼頭坐船的日本客人，有時還會多一點賞銀。這麼下來，一日收入就能夠到達一塊半二塊，算是還不錯。存下來的錢，我就慢慢地還債。昭和十六年，高雄車站遷往了鮐港埔，再來一直到光復後，我都是在鮐港埔和鹽埕埔之間拉車。我早上在車站前等班，晚上，就來到鹽埕埔的酒家門口等著載客。

才光復的時候，鮐港埔那兒還很偏僻，沒住什麼人，就是車站附近有一些人家，有幾家旅社，還有些賣小吃的小攤子，差不多就是這樣了。算起來，鹽埕埔就熱鬧多了，酒家啦，戲院啦，店面啦，可說是一片繁華。尤其是酒家，光復後多好幾家出來，

夠盈暗，會使講是歌聲處處，紙醉金迷道著。你若問我酒家攏是誰底去，喔，我道給你講，道是靠官員大官虎啦，多數是外省仔官唐山客。唉！殷 e 日子是眞好過喔。講起來，阮是眞畏靠外省官虎喔。阮老母講 e 啦，人是官啦，你會使安怎？

遐是拄過年了無外久，一向百花妖嬌 e 春天時，遂烏陰起來。早起我卜出門晉前，阿榮雄雄出現。

我當底擦我 e 人車，感覺著一個人影，一夯頭，雄雄看著阿榮攌[koaN⁷]一個紙 lok 仔徛值我 e 面頭前。

「貴仔，錢，錢，我鬮[chong⁵]來啊！」伊喝一聲。

「啥物錢？」我問伊。

「買車 e 錢啊！頂個月，你嘸是講我會凍合你去扭[giu²]車？即馬我鬮錢來啊！1800 箍。」伊講。

「你是位叨鬮靠錢出來 e ？」我看一眼伊手裏 e 紙 lok 仔，凸[phok]凸凸。

「阮老母仔，她將當初時做嫁妝 e 彼卡金手環提去賣。本底想講值無三先錢，想未夠即馬遮好價。」伊繼續講：「手環賣1000 箍，另外 800 是去借 e 。」

「去叨借 e ？」

「錢莊啊！」

「哦！」

早當時，阿榮合阮全款，艱苦人出身。阮是厝邊，攏滯值哨船頭。殷老爸是鐵工廠 e 工仔，阿殷老母四界替日本人煮飯洗衫給晟養大漢，生活艱苦啦。阿榮細漢 e 時眞狗怪，一日到暗參人

一到了晚上，可謂歌聲處處，紙醉金迷啊。你若是問我酒家都是
誰在去呢，喔，我就告訴你，就是那些官員大官虎啦，多數是外
省官唐山客。唉！他們的日子是真好過喔。講起來，我們是真怕
那些外省官虎啊。我的老母親說的啦，人家是官啦，你能怎樣？

　　那是才過完年不久，一向百花嬌媚的春天時節，卻陰沉了起
來。早上我正準備出門，阿榮突然就出現了。

　　我正擦著我的人力車，感覺到一個影子，一抬頭，突然就看
見阿榮提了個紙袋站在我的面前。

　　「貴仔，錢，錢，我籌來啦！」他喊了一聲。

　　「什麼錢？」我問他。

　　「買車的錢啊！上個月，你不是說我可以和你去拉車嗎？現
在我拿錢來了，一千八百塊。」他說。

　　「你是去哪兒籌那些錢出來的？」我看一眼他手裏的紙袋，鼓
鼓的。

　　「我媽媽啊，她將當初嫁妝的那只金手環拿去賣了。本來想
說值不了幾分錢的，想不到現在價格這麼好。」他繼續說：「手環
賣了一千塊，另外八百是去借的。」

　　「去哪借的？」

　　「錢莊啊！」

　　「哦！」

　　早些時候，阿榮和我一樣出身艱苦。我們是鄰居，都住在哨
船頭。他的父親是鐵工廠的工人，而母親四處替日本人煮飯洗衣
服把他養大，生活艱苦啦。阿榮小時候皮得很，一天到晚和人爭

冤家相打，我嘛參伊打過。爲著啥物代誌？這我未記啊，橫直伊人生著大漢，漢草閣好，我打輸伊道著啦。我會記每一擺伊若合人冤家，殷老母道去向人會失禮，一個頭點[tam³]加強卜敲著土腳。講起來伊 e 性地道是烈性，嘸八聽見有改過。阿殷老母勤儉吞忍，散[san³]罔散，獎做人，眞分張，炊粿啦、綁粽啦、搓圓啦，有物件攏分厝邊，地方上通人呵咾。落尾殷搬厝，聽講搬去值壽山腳紅毛土會社靴，我有時閣會拄著伊。

自日本時代，阿榮道值港邊糖公司 e 倉庫做點貨員，坦白講，我晉前是眞欽羨伊，嘸免像我安呢值日頭腳走闖，而且伊 e 月給嘛未歹，大約有二三十圓。日本時代殷兜是國語家庭，伊本身讀過小學校，閣是地方壯丁團 e 成員，加上殷老母替未少日本人洗衫煮飯，所以熟識著啥物好人，才替伊安排著即個好空缺。

拄光復了 e 某一日，我值路裏拄著伊，氣色眞歹，一個人消瘦[san²]落肉，二蕾目睭腫加若麵龜，親像予鬼 cheng 著。會使講，徛值我面頭前 e，嘸是過去 e 彼個大漢閣氣魄 e 阿榮，因爲伊懸，看起來好親像一枝彎 khiau e 竹篙，總講一句，若嘸是眞熟識，我可能會將伊當做是一個乞食。

我問伊是安怎啦，原來，是殷 e 倉庫換一批中國仔去接收，安呢，伊悲慘 e 運命道來啊。伊先是操二句，才款款仔給我講：

「殷中國仔去靴，哪有影是底顧倉庫？根本道是去做賊 e 嘛！殷趁盈暗入去倉庫偷糖，一車一車載，害我 e 數[siau³]目是安怎鬥都鬥未 ba⁷。頭起先我嘸知，阿阮彼個課長，一日夠晚對我歹 chheng³-chheng³，講我數記嘸對去，卜給我辭頭路。殷

吵打鬥，我也和他打過。爲了什麼事？這我倒是忘了，反正他長得高壯，我打輸他就是啦。我記得每次他打架，他的母親就去向人家道歉賠禮，一個頭點得就快敲到地上去了。說起來他的性格就是烈性，不曾聽說有改過。而他的母親勤儉忍耐，窮歸窮，卻很懂得待人處事，很慷慨，炊粿啦、綁粽子啦、搓湯圓啦，有東西就分給街坊鄰居，地方上大家都稱讚著。後來他們搬了家，聽說搬到了壽山下的水泥公司一帶，我有時還會遇到他。

打從日本時代，阿榮就在港邊糖公司的倉庫幹點貨員，坦白講，我先前是很羨慕他，不必像我這樣在大太陽底下奔走，而且他的月薪也不錯，大約有二三十圓。日本時代他們家是國語家庭，他本身讀過小學校，又是地方壯丁團的成員，加上他的母親替不少日本人洗衣煮飯，所以熟識了什麼好人，才替他安排了這個好的工作。

剛光復後的某一天，我在路上遇到他，氣色很差，整個人消瘦下來，一雙眼睛腫得像是麵龜，彷彿被鬼打過。可以說，站在我前頭的，不是過去的那個高壯又氣魄的阿榮了，因爲他高，看起來就好像一根彎掉的竹竿似的，總歸一句，若不是因爲熟識，我可能會把他當成是個乞丐。

我問他是怎麼啦。原來，是他們的倉庫換了一批中國人去接收，這樣，他悲慘的命運就來啦。他先是罵了二句，才慢慢告訴我：

「他們中國人去那兒，哪裏是在管倉庫呢？根本就是去幹賊的嘛！他們趁著夜晚進去倉庫竊糖，一車一車地載，害得我的帳

娘咧！我真不服，一日盈暗，道挑故意嘸睏，提一枝木劍避值倉庫裏卜當看有賊否。結果，嘿嘿，門一打開，遂是阮課長，嘸知對叨位 sak 一台『利阿卡』來，打算卜車糖出去。『馬鹿！』我喝一聲，木劍隨著展出來。結果阮課長講：『嘿！小老弟，原來是你啊！不要衝動，咱自家人嘛！』」

「你安怎處理？」

「安怎處理？我三二個手道給 chang 起來，講：『誰跟你自家人，馬鹿！你這個賊！我抓你去見警察！』然後道掠伊卜去見港警。結果阮課長講：『等等，等等，小老弟呀，我加你薪水，你就別鬧了吧！你也知道，幹我們這種公務員的，能存個什麼錢呢？米價漲成這樣，一斗米要個二三百塊，都快是我們一個月薪水了，要我們怎麼活呢，你說是不是？家裏妻小要養的呀！』」

「伊講安呢嘛無嘸對。」

「啥物底無嘸對？伊領安呢算夛？阿阮嘸道來跳海？我講：『你不必說了！』我堅持卜給掠去送派出所。伊道講：『要不然，我看你就加入吧，糖價現在好得不得了，大家有福同享，我鐵定是不洩漏的。』我當然是無聽伊。我一下道給掠去港警靴。真不幸，值班 e 港警是新來 e，拄好嘛是一個阿山，我氣 phut-phut 給講：『這個是賊，我抓的。』結果彼個警察，本底 the 值椅仔頂睏，予我吵醒，頭夯起來看著阮，道哈一個噓，講：『喔，是課長啊！人交給我吧！』最後道叫我走啊。」

「閣來咧？」

「第二工，阮課長照常來上班，結果道給我辭頭路啊——

目是怎麼兜都兜不攏。一開始我不知道，而我們那個課長，一天到晚對我兇巴巴的，說我記錯帳，要叫我走路。他娘咧！我真不服，某天夜晚，就故意不睡覺，拿了把木劍躲在倉庫裏等著看看有沒有賊。結果，嘿嘿，門一打開，竟然是我們課長，不知從哪兒推了一輛推車來，打算要運糖出去。『馬鹿！』我喊一聲，木劍就拿出來了。結果我們課長說：『嘿！小老弟，原來是你啊！不要衝動，咱自家人嘛！』」

「你怎麼處理？」

「怎麼處理？我三二下就把他抓起來了，說：『誰跟你自家人，馬鹿！你這個賊！我抓你去見警察！』然後就抓著他要去見港警。結果我們課長說：『等等，等等，小老弟呀，我加你薪水，你就別鬧了吧！你也知道，幹我們這種公務員的，能存個什麼錢呢？米價漲成這樣，一斗米要個二三百塊，都快是我們一個月薪水了，要我們怎麼活呢，你說是不是？家裏妻小要養的呀！』」

「他這麼說倒也沒錯。」

「什麼沒錯？他領這樣算差？那我們不就要去投海了嗎？我說：『你不必說了！』我堅持要抓他去派出所。他就說：『要不然，我看你就加入吧，糖價現在好得不得了，大家有福同享，我鐵定是不洩漏的。』我當然是沒聽他的。我一下子就把他拖到了港警那兒。真不幸，值班的港警是新來的，正好也是個阿山，我火冒三丈地說：『這個是賊，我抓的。』結果那個警察，本來背靠在椅子上睡覺，被我吵醒，就抬起頭來看著我們，打了個哈欠，

唉，靴阿山仔道是吃銅吃鐵，夭壽骨啦！」

伊講煞，一個面親像卜火化去，歸個人看起來真落魄。

道是彼工，我問伊看卜合我來扭車否。

我講：「忝頭是有卡忝頭啦，不過，好一點，卡免看人面色，而且即馬物件大起價，咱扭車 e，車資加減會凍綴咧起寡，這道卡贏底吃死薪水。」

伊聽了信信信，直直點 [tam³] 頭。

其實，彼時講免看人面色，是底安慰伊 e。我尙驚載著阿山仔軍官，講話土雷雷，khap 咧嘸拄好道 ouN³ ouN³ 嚷，坐車無卜付錢是四常 e 代誌；抑無，道是提國票來 thap。遐國票是真無值 e 呢，三四十箍才會凍換一箍台票。拄光復 e 時，我八載過一個阿山仔軍官，夠位卜給提一箍台票，伊提一箍國票予我，我合伊嚷，伊道將槍提出來。唉，橫直咱蕃薯仔是悲哀啦！

講罔講，扭車尙無猶閣有通趁吃。我給阿榮講：「我熟識一個古物商，好定會使去揣看覓，我聽講前幾日有人提 1500 箍道牽一台中古 e 啊，看起來是猶新展展。」

我講 e 古物商，道是陳桑。

阿榮聽加興 chhih-chhih，隨道講伊卜去闖錢買車。遐是過年前 e 代誌，想未夠伊真正去闖錢來啊。我 e 心內安呢想：即馬物件起價起加安呢，糖一斤已經起加六七十啊，1800 箍咁猶閣有夠通買一台人車？

阿榮親像知影我底想啥，開嘴講：「貴仔，你想，1800，咁有夠？」

說：『喔，是課長啊！人交給我吧！』最後就叫我走了。」

「再來呢？」

「第二天，我們課長照常來上班，結果就叫我走路了——唉，反正那些阿山仔就是吃銅吃鐵，夭壽骨啦！」

他講完，一張臉就像是火要熄滅了似的，整個人看起來很落魄。

就是那天，我問他要不要和我去拉車。

我說：「累是累啦，不過，有個好處，不必看人臉色，而且現在物價漲得兇，咱拉車的，車資多少可以跟著調一些，這就好過那些靠死薪水過活的。」

他聽了很是信服，直點頭。

其實，那時說不必看人臉色，是安慰他的。我最怕載上那些阿山軍官，講話兇巴巴的，一個不對就巴啦巴啦地嚷著，坐車不付錢是常有的事；要不然，就是拿國幣來湊數。那國幣是很不值錢的呢，三四十塊才換上一塊台幣。剛光復時，我曾載過一個阿山軍官，到了目的地要索他一塊台幣，他卻拿了一塊錢國幣給我，我和他吵，他就掏槍出來了。唉，反正咱蕃薯仔是悲哀啦！

說歸說，拉車至少還能討口飯吃。我告訴阿榮：「我認識一個古物商，或許可以去找看看，我聽說前幾天有人拿了一千五百塊就買了一輛中古的了，看起來還新得很。」

我講的古物商，就是陳桑。

阿榮聽得興味來了，馬上就說他要籌錢買車。那是過年前的事，想不到他真的去籌錢來了。我的心裏這麼想：現在東西漲價

我講：「有啦！罔問看覓。」

伊講：「若買無，道來買寡米好啦！已經一二個月，阮厝裏無米啊。我猶少年，猶會堪得，只是阮阿母即暫身體無外好勢，我想卜 kun⁵ 糜予吃。即條錢，本底是卜去買米 e，嘸過阮阿母無要。她講，米吃落，全款做屎放出來，叫我去買一台車來扭卡是本，叫我莫睬她。貴仔，想想咧是有夠悲哀啦，我昨去米店，問落夠底，誠實目屎輪落來，一斤米四十，千八箍買無五斗米，你想，安呢咁有夠通買一台車？」

一路伊給我講，即二個外月來，伊想卜閣揣一個頭路，揣攏無，心肝頭真凝。伊 e 口氣怨嘆加：「是講，道算我無予彼個夭壽課長辭頭路，嘛是早慢會飫死。光復前，米一斤猶是二角；光復了無外久，日票換做台票，一箍換一箍，阿米遂起夠一斤二箍，咱嘸甘買，即馬一斤四十，咱買未起啊，閣是有行無市，無一定買有。可怕啊！傷可怕啊啦！貴仔！你咁知影遐米啦糖啦攏是走位叨去？我給你講啦，攏走位碼頭 e 倉庫去啦，續落道一船仔一船載去中國，駛殷娘咧！相戰無餓死咱遮蕃薯仔，遂是中國仔來，給咱餓死了了！」

阿榮講咧講咧，拳頭母 lak 起來。伊講 e 無嘸對，即多外，蕃薯仔失業 e 滿滿是，加上白米一日三市，逐個人攏無米通吃，憂頭結面。我滯值港邊，阮厝邊有一個二十七八歲 e 少年家仔，頂個月想未開，跳港死，留一個歐里桑、一個新婦、一個查某子合二個後生，歸家夥仔攬攬做一球，哭加嘸成人去。

而且即暫，我聽講政府規定卜禁止人車，要換踏三輪車，若

漲成這樣，糖一斤已經漲到了六七十了，一千八百塊還夠買一輛
人力車嗎？

　　阿榮似乎知道我在想什麼，開口說：「貴仔，你想，一千
八，夠嗎？」

　　我說：「夠啦！不妨問問看。」

　　他說：「若買不起，就去買些米好啦！已經一二個月，我們
家裏頭沒米了。我還年輕，還受得住，只是我的母親這陣子身體
不太好，我想燉點粥給她吃。這筆錢，本來有打算去買米的，不
過我的母親不要。她說：米吃下去，同樣是變成糞便出來，要我
去買一輛車來拉才是根本，叫我別理她。貴仔，再想想是眞夠悲
哀啊，我昨天去米店，一問之下，眞是眼淚滾下來了，一斤米四
十，一千八還買不到五斗米，你想，這樣夠買輛車嗎？」

　　一路上他告訴我，這二個多月來，他想要找個工作，怎麼都
找不到，心頭凝重。他的口氣哀嘆著：「話說回來，就算我沒被
那個天壽課長給辭了工作，早晚也是餓死。光復前，米一斤還是
二角；光復後沒多久，日幣換做台幣，一塊換一塊，而米卻漲到
了一斤二塊，咱捨不得買，現在一斤四十，咱買不起了，還是有
行無市的，不一定買得到。可怕啊！太可怕了啊！貴仔！你知不
知道那些米啦糖啦是跑哪去了？我告訴你啦，都跑到碼頭的倉庫
去啦，然後是一船又一船載往中國去，駛他娘咧！戰爭沒餓死咱
蕃薯仔，但是中國仔來，將咱餓死光了！」

　　阿榮講著講著，拳頭就握緊起來。他講的沒錯，這一年多
來，蕃薯仔失業的到處是，加上白米一日三市，每個人都無米可

真正安呢，我嘛要餓死。我一直底煩惱嘸知卜去叨閬錢買三輪車。我照實給阿榮講：「其實，扭車嘛已經無像我晉前講 e 遮妥當啊，頂個月靴豬仔講卜給禁止。」

阿榮講：「禁止？禁止才打算啦！貴仔，若無通扭車，阮歸家夥仔現此時道嘸知卜怎樣生活啊啦，阮老爸 e 空缺嘛無啊，嘛是當底揣稽頭做。」

這予我更加煩惱起來。

伊繼續講：「無法度啊，鐵工廠 e 機械予殷拆了了，一台一台未振未動，阮老爸道安呢無頭路啊！馬鹿，殷中國仔，八一個啥？我給你講啦，啥物攏嘸八啦，機械 e 操作未曉無打緊，人卜給教，遂變面起歹，講：『我大還是你大，你懂個啥？』落尾手咧，殷將機械 e 零件一塊仔一塊拆拆落來，無彩人物，當做歹銅舊錫底賣，閣將電線一節仔一節鉸落來，車車出去。你講看覓，世間哪有即款人？馬鹿！若講卜予靴 e 豬仔管，殷爸甘願予狗管！尙無嘛閣一嘴飯通吃！人日本人咁有親像安呢？五十冬 e 建設予殷一冬毀了了，抑若無，即二日台北人哪會……」伊愈講愈氣，歸身軀疲疲搖。

「阿榮仔！卡細聲咧啦！若無，我看，是你即個『亡國奴』緊早慢會予人掠去！」我夯頭看四周圍，早起 e 行路人眞少，不過我看著遠遠二個警察行過來，殷 e 面色眞嚴肅，二蕾目睭親像劍光底掃，合平常時仔 e 搖擺[hiau⁵-pai]款無啥全，不過是猶閣卡歹。我確定殷無聽著阮底講話，才小放心。前一暝，我已經聽著 la-jio（收音機）e 消息。

吃，憂鬱著臉。我住在港邊，我們鄰居有一個二十七八歲的年輕人，上個月想不開，投港死了，留下一個老先生、一個媳婦、一個女兒和二個兒子，一家大小抱成一團，哭得不成人樣。

而且這陣子，我聽說政府規定要禁止人力車，要通通換踩三輪車，若眞是這樣，我也要餓死。我一直在煩惱著不知要去哪籌錢買三輪車。我老實告訴阿榮：「其實，拉車也不像我先前說的這麼妥當了，上個月那些豬仔說要把它給禁了。」

阿榮說：「禁了？禁了再打算吧！貴仔，若沒得拉車，我們一家現在就不知要怎樣過活了啊，我父親的工作也沒了，也正在找事做。」

這讓我更加煩惱起來。

他繼續說：「沒辦法啊，鐵工廠的機械被他們拆光了，一架一架不能動彈，我爸爸就這樣沒工作了！馬鹿，他們中國仔，懂個什麼？我告訴你啦，什麼都不懂啦，機械的操作不會不打緊，人家要教他們，竟然變臉了，說：『我大還是你大，你懂個啥？』接下來呢，他們將機械的零件一塊一塊地拆下來，眞是暴殄天物，當做破銅爛鐵在賣，還將電線一截一截剪下來，載運出去。你說看看，世間哪有這種人？馬鹿！若說要給那些豬仔管，他爸爸我寧可讓狗管！至少也有口飯吃！人家日本人有像這樣子嗎？五十年的建設被他們一年糟蹋盡了，要不然，這二天台北人怎麼會……」他愈講愈氣，全身顫抖起來。

「阿榮仔！小聲點啦！要不然，我看，是你這個『亡國奴』早晚要讓人抓去！」我抬頭看四周圍，早起的行人眞少，不過我看

我 e 煩惱是有根據 e，一直夠且，殷猶是捷捷罵阮亡國奴。

道值返 e 前幾工，值鹽埕埔 e 酒家門口，一個阿山仔少校飲加醉茫茫，攬一個小姐坐上我 e 車。即個小姐看著若像無啥卜，不過最後嘛是予伊強壓起哩。

「大將軍呀！我們店裏面忙，你就放我走吧！」小姐安呢講。

我看過即位小姐幾若擺，是台灣人，我聽講過，她是彼間酒家 e 王牌，她八幾若擺坐過我 e 車。她穿一軀金黃懸叉 e 旗袍，頭鬃梳懸懸，插一枝銀釵，嘴唇胭脂朱紅發金。

「放了妳，那我今天晚上可怎麼辦呀？妳說說！」阿山仔少校安呢講。續落伊道給硬扭上車，對我大聲嚷：「喂！拉洋車的！還不走？」

「去哪裏？」我問伊。

「五塊厝。」

我講：「老闆，五塊厝比較遠呢，要比較多錢喔！」

伊道 ouN³-ouN³ 嚷起來：「他媽的，老子就是錢多，叫你拉，你就拉，囉唆啥啊？快拉！」

我講：「我一個人，拉不動。你要不要再叫一輛？」

我身軀邊有一二個卡骨力 e 車伕道行倚來，想講有生理做。

結果彼個少校仔喝加愈大聲：「他媽的，你是聽不懂人話啊？要拉不拉？不拉，我就叫別人拉。」

聽伊安呢喝，我無順伊嘛未使，只好答應。

殷二個人擠[chiN]值細細條 e 椅座，一路，我聽見即個阿山仔少校底調弄即個小姐，阿即個小姐是直直推辭，阿山仔少校

到遠遠二個警察走過來，他們的臉色嚴肅，雙眼放出劍光，和平常時候的囂張樣不太同，不過是更兇了。我確定他們沒聽見我們的講話，才稍放心。前一晚，我已經聽到了收音機的消息。

我的煩惱是有根據的，一直到此刻，他們還是常常罵我們亡國奴。

就在那前幾天，在鹽埕埔的酒家門口，一個阿山少校喝得醉醺醺地，抱著一個小姐坐上我的車。這個小姐看起來不願意，不過最後還是被他強壓上來。

「大將軍呀！我們店裏面忙，你就放我走吧！」小姐這麼說。

我看過這位小姐幾次，是台灣人，我聽說過，她是那間酒家的王牌，她曾幾次坐過我的車。她穿一身金黃高叉的旗袍，頭髮高梳，插了根銀釵，嘴唇的胭脂朱紅發亮。

「放了妳，那我今天晚上可怎麼辦呀？妳說說！」阿山仔少校這麼說。接著他就硬拉了她上來，對我大聲嚷道：「喂！拉洋車的！還不走？」

「去哪裏？」我問他。

「五塊厝。」

我說：「老闆，五塊厝比較遠呢，要比較多錢喔！」

他就巴拉巴拉喊起來：「他媽的，老子就是錢多，叫你拉，你就拉，囉唆啥啊？快拉！」

我說：「我一個人，拉不動。你要不要再叫一輛？」

我身旁有一二個比較勤快的車伕就走過來，想說有生意可做。

道變加大聲嗽起來。雄雄，我聽著「砰！」一聲。我停車，斡頭過，看著即個軍官將槍夯值手裏，槍管頭前底出烟。即個小姐是驚加一個面青筍筍。同時我嘛看見她肩胛頭 e 一粒鈕仔已經予解[thau²]開。

　　少校喝講：「他媽的！安分點，懂不懂？妳敬酒不吃吃罰酒妳！喂！拉洋車的，你看啥？不快走，連你也一起斃了。」

　　坦白講，我是驚加雙腳軟翹翹[ko⁵]，眞勉強才將腳步踏出去。續落來，一路道攏干擔有阿山仔少校 e 笑聲，懸懸低低，咯咯咯[kok]有時若像雞角底叫。我聽著眞艱苦。有時，伊嘛會針對我，對我大細聲嚷：「喂！拉洋車的！你快點成不成？不高興嗎？哈哈，老子知道你們這些日本鬼子養的，喝狗奶長大的，就是會不高興，哈哈，老子是知道的！呸！你們算哪根蔥！瞧不起我們祖國啊！他媽的！我看你們是當奴才當慣啦，沒教化的狗奴才！亡國奴！」

　　「卡細膩咧！」我給阿榮講。我心肝頭一直底想彼個阿山仔罵我「狗奴才」e 代誌。路裏 e 警察卡濟，行無幾步道看著一個，我想，確實是合即二日發生值台北 e 代誌有牽連。我聽 la-jio 講台北死傷 e 人未少，已經戒嚴。我給阿榮講：「即二日扮勢無啥對，卡細膩咧！」

　　「細膩啥？貴仔，我給你講，你驚死，我阿榮是嘸驚死！橫直夠遮來啊，若拄著，極加是殷爸合殷生死配！」

　　「噓！」

　　結果那個少校喊得更大聲了：「他媽的，你是聽不懂人話啊？要拉不拉？不拉，我就叫別人拉。」

　　聽他這麼喊，我不順著也不行，只好答應了。

　　他們二個人擠在小小的椅座上，一路，我聽見這個阿山少校在戲弄這個小姐，而這個小姐直推辭著，阿山少校就吼叫起來。突然，我聽見「砰！」的一聲。我停車，轉頭，看見這個軍官拿了把槍在手裏，槍口冒著烟。這個小姐被嚇得一臉鐵青。同時我也看見她肩膀的一顆鈕釦已經被解開。

　　少校喊道：「他媽的！安分點，懂不懂？妳敬酒不吃吃罰酒妳！喂！拉洋車的，你看啥？不快走，連你也一起斃了。」

　　坦白講，我是嚇得雙腳軟趴趴，很勉強才把步伐踏出去。接下來，一路就只有阿山少校的笑聲，高高低低，咯咯咯有時就像公雞在叫。我聽了很難過。有時，他也會針對我，對我大小聲吼：「喂！拉洋車的！你快點成不成？不高興嗎？哈哈，老子知道你們這些日本鬼子養的，喝狗奶長大的，就是會不高興，哈哈，老子是知道的！呸！你們算哪根蔥！瞧不起我們祖國啊！他媽的！我看你們是當奴才當慣啦，沒教化的狗奴才！亡國奴！」

　　「小心點！」我對阿榮說。我心頭一直想著那個阿山罵我「狗奴才」的事。路裏的警察比往常多，走沒幾步就看到一個，我想，確實是和這二天發生在台北的事有牽連。我聽收音機講說台北死傷的人不少，已經戒嚴。我告訴阿榮：「這二天情況不太對，小心點！」

　　「小心啥？貴仔，我告訴你，你怕死，我阿榮可是不怕死！

3

阮夠位 e 時，陳桑當提槓槌仔，值一塊椅條頂懸 khi-khi-khok-khok 底槓。

「買人車喔？有是有，嘸過你嘛知，即暫物件貴死無人，生理真歹做。我即台是前二禮拜一個人賣我 e，我本底無按算買，不過可憐啦，講殷子看病，無錢，我才給買落來。來，我 chhoa[7] 恁看覓咧！」

返是一台「松島號」，椅 chu[7] 仔卡隘，雨蓬卡闊，它 e 輪框生銹，樹奶輪胎已經歹去，換做柴做 e 硬皮輪，看起來舊漚舊臭，囥值倉庫。我一看道知影即台車一定足歹扭 e。

陳桑講：「是啦！是有卡舊啦，恁若要，算恁 3200 道好。這新 e 一台要成萬箍呢！」

「3200？」我一聽，吐舌出來，我講：「二個月前，嘸是聽講一台 1500 箍道有啊，哪會即馬要遮貴？而且，即台閣是舊加安呢！」

伊講：「1500 箍？貴仔，即馬 1500 差不多買一雙皮鞋啦，一個月一個月無全啦，莫講一個月，一日一日都無全喔！你嘛知影，即馬物件大起價，我今仔若無賣你，明仔載你來，我道要賣閣卡貴，犯勢要 3500 才會和，若無，我歸氣買米來蒄[tun²]道好啊，對否？3200 算俗加未使閣俗啊啦！而且即台車予你趁錢

反正到了如今，若遇著了，頂多是他們爸爸我和他們生死配！」

「嘘！」

3

　　我們到的時候，陳桑正拿著鐵槌，在一張破椅凳上叩叩叩地捶打著。

　　「買人力車喔？有是有，不過你也知道，這陣子東西貴死人了，生意真難做。我這輛是二禮拜前一個人賣我的，我本來不打算買，不過可憐啦，說他兒子生病，沒錢，我才給買下來。走，我帶你們看看！」

　　那是一輛「松島號」，椅墊比較窄，雨蓬比較寬，它的輪圈生鏽了，橡膠輪胎已經壞掉，換成木製的的硬皮輪子，看起來老舊不堪，放在倉庫。我一看就知道這輛車一定很難拉。

　　陳桑說：「是啦！是有比較舊啦，你們若要，算你們三千二就好。這新的一輛要萬把塊呢！」

　　「三千二？」我一聽，舌頭吐著，我說：「二個月前，不是聽說一輛一千五就有了，怎麼現在要這麼貴？而且，還是這麼舊的！」

　　他說：「一千五？貴仔，現在一千五差不多買一雙皮鞋啦，一個月一個月不同啦，不要說一個月，一天一天都不同喔！你也知道，現在物價漲得兇，我今天若沒賣你，明天你來，我就要賣更貴了，說不定得要三千五才划得來，要不然，我乾脆去買米來囤積不就得了，對不對？三千二算是便宜得不能再便宜了啦！而

e呢，即馬e時機，誰評恁扭車e卡好空？」

聽伊安呢講，阿榮一個面憂起來。

我講：「陳桑！算卡俗e啦！扭人車無你講e遮好空啦，而且你犯勢猶嘸知，即暫政府講卜禁人車，你即台，我想是愈歹賣啊啦！」

陳桑講：「貴仔！你莫嚇我啦！我咁嘸知殷卜禁止扭車？好賣歹賣我心內有數，若無，你明知影人卜禁，哪會閣來揣我，對否？安呢嘸是真龜怪？抑是你e車看外濟卜賣我，我遮嘛有一台三輪車俗俗仔賣你，你看安怎？」

「這——」我e心肝嘛憂起來。我問講：「阿三輪車安怎賣？」

「萬八。」

「喔！遮貴！」

陳桑講：「道對咧！我知影恁手頭按，無安呢啦，看恁紮外濟錢來，咱參詳看覓，半交陪啦，逐家互相。」

即時陣阿榮開嘴，伊講：「1800。全部安呢爾。」

陳桑聽著，喝一聲：「啥？1800？恁看一下，靴e裘[hiu⁵]仔，一領道要1800。即台車賣恁1800是無可能啦！」伊指一下囥值倉庫邊仔e烏色大裘，然後搖頭。

我講：「陳桑，拜託咧啦，阿榮殷厝攏失業啊，若無即台車，恐驚歸家夥仔會餓死。你算盤道罔tiak看覓咧！」

陳桑一直搖頭，誠實去提算盤出來。伊tiak歸晡久，最後給阿榮講：「無道安呢啦，算你3000箍，你即1800予我，存1200，予你賒三個月，三個月內要還我。不過，我有二個條件：

且這車是讓你賺錢的呢,現在的時機,誰比你們拉車的好呢?」

聽他這樣說,阿榮的一張臉憂鬱起來。

我說:「陳桑!算便宜點啦!拉車不像你說的這麼好啊,而且你或許還不知道,這陣子政府說要禁人力車,你這輛,我想是更難賣了啊!」

陳桑說:「貴仔!你不用嚇我!我難道不知道他們要禁拉車嗎?好賣不好賣我心裏有數,要不然,你明知道人家要禁,怎麼還會來找我呢,對吧?這樣不是很奇怪?不然你的車看要賣我多少,我這兒也有一輛三輪車便宜賣你,你看怎麼樣?」

「這──」我的心裏頭也煩憂起來。我問道:「那麼三輪車怎麼賣呢?」

「一萬八。」

「喔!這麼貴!」

陳桑說:「就是啊!我知道你們手頭緊,不然這樣啦,看你們帶多少錢來,咱們商量看看,半交情的啦,大家互相互相。」

這時阿榮開口了,他說:「一千八。全部就這樣了。」

陳桑聽著,喝一聲:「什麼?一千八?你們看一下,那裏的外套,一件就要一千八。這輛車賣你們一千八是不可能啦!」他指一下放在倉庫邊的黑色大外套,然後搖頭。

我說:「陳桑,拜託拜託啦,阿榮他們家都失業了,若沒有這輛車,恐怕全家要餓死了。你算盤就不妨撥看看吧!」

陳桑一直搖頭,真的去拿了算盤出來。他撥了老久,最後對阿榮說:「要不就這樣吧,算你三千塊,你這一千八給我,剩下

第一，你即 1200 箍要換做米還我，即馬米一斗四百，你要還我三斗米，加上利息，你要還我四斗；第二：你要揣保人簽借據。安呢咁會使？」

阿榮想一下仔，講：「米 e 部分，是無問題，不過，保人……」

伊幹頭看我，我隨道講：「好，我會使做保。」

道安呢，我成做阿榮 e 四斗米 e 保證人。

4

是啊，這完全是我惡夢 e 開始。

阿榮確實無扭車 e 命，頭一工扭車道足衰尾。不過總講一句，嘛未使怪伊，是我害伊 e ——其實嘛是為著彼暝 e 代誌。

坦白講，彼暝行夠林德官 e 時，我 e 腳已經無力啊，行加起麻痛，即個時陣，阿山仔少校 e 聲嘛漸漸恬去。

「喂！扭車 e，我看你忝啊，小歇一下好啦！阿山仔醉死去啊！」

是彼位酒店小姐幼綿綿 e 聲音。

我將車停落來，提巾仔擦一下面。

遐是一個真媠 e 小姐，嘸過我歹勢直接看她。她提十箍予我，講：「我夠遮道好啦！我要趕轉去。」

我無給收，我講：「妳卜家己行轉去？咁通？路頭遮呢暗 neh！」其實我煩惱 e 是彼個少校仔若醒過來卜安怎。我繼續

一千二，讓你賒三個月，三個月內要還我。不過，我有二個條件：第一，你這一千二要折算成白米還我，現在米一斗四百，你要還我三斗米，加上利息，你要還我四斗；第二：你要找個保人簽借據。這樣可以嗎？」

阿榮想了一下子，說：「米的部分，是沒問題，不過，保人……」

他轉頭看我，我馬上就說：「好，我可以做保。」

就這樣，我成為阿榮的四斗米的保證人。

4

是啊，這完全是我惡夢的開始。

阿榮確實沒拉車的命，頭一天拉車就很倒楣。不過總歸一句，也不能怪他，是我害他的——其實也是為了那一晚的事。

坦白說，那天晚上走到林德官的時候，我的腳就已經沒力氣了，又麻又痛，這個時候，阿山少校的聲音也漸漸地靜下來了。

「喂！拉車的，我看你累了，小歇一下吧！阿山醉死了！」

是那位酒店小姐柔細如綿的聲音。

我將車停下，拿毛巾擦一下臉。

那是一個很漂亮的小姐，不過我不好意思直接看她。她拿了十塊錢給我，說：「我到這裏就好啦！我要趕回去。」

我沒收下，我說：「妳要自己走回去？成嗎？路上這麼暗呢！」其實我煩惱的是那個少校若醒過來要怎麼辦。我繼續說：「而且，這隻豬仔萬一醒來了，可不會——」

講:「而且,即隻豬仔萬一若精神,咁未——」

她聽我安呢講,嘴掩咧道 aN³ 腰笑起來。我問她底笑啥,她干擔搖頭。我閣問:「咁講妳未驚?」

她若笑若講:「未啦!不過是一個少校仔爾!今仔 e 代誌若予殷營長知影,我看伊道討皮痛。」

「安怎講?」我真驚奇。

她笑加愈大聲:「因為我嘛熟識殷營長,哈哈!我若給殷營長講,伊道——哈哈!」她即句話講無了,我發見她 e 目坩若親像有目屎一二滴。

我講:「哦!不過,遮呢暗啊,我看,猶是我先送伊夠位,等一下才送妳轉去好啦!」

她講:「未使!我厝裏有囝仔底等我,我要緊轉去。」

「啥物,妳有囝仔?」我更加驚奇。

她幹咧道卜做她行。

我給喝:「喂!小姐!等一下啦!我看,我先送妳轉去!橫直即隻豬仔已經睏死去啊!」

道安呢,我先送即個小姐轉去厝,阿彼個醉死去 e 少校仔,我嘸知伊 e 宿舍值叨,只好給送轉去鳳山 e 軍營——

安呢道未直啊!

阿榮扭車 e 頭一日(會使講嘛是最後一日),拄好是市參議會第一工開會 e 日子,盈暗市長合靴議員約值酒家吃飯,阮想,生理一定未歹。我合阿榮早早道去夠酒家門口等班,我閣講伊真好運,第一工道拄著這大日子。二個人坐值酒家對面 e 一欉大樹頭

　　她聽我這麼講，掩起嘴就彎腰笑起來了。我問她為什麼笑，她只有搖頭。我再問：「難道妳不怕嗎？」

　　她邊笑著邊說道：「不會啦！不過是個少校而已！今天的事如果讓他們營長知道了，我看他就皮在癢了。」

　　「怎麼說？」我很驚奇。

　　她笑得更大聲了：「因為我也認識他們營長啊，哈哈！我若告訴他們營長，他就——哈哈！」她這句話沒說完，我發現她的眼眶似乎有著淚水一二滴。

　　我說：「哦！不過，這麼晚了，我看，還是我先送他到家，等一下再送妳回去好啦！」

　　她說：「不行！我家裏有孩子等著我，我要趕快回去。」

　　「什麼，妳有孩子？」我更加驚奇了。

　　她轉身逕自就要走。

　　我喊道：「喂！小姐！等一下啦！我看，我先送妳回去！反正這隻豬仔已經睡死了！」

　　就這樣，我先送這個小姐回家，而那個醉死的少校，我不知道他的宿舍在哪，只好送回鳳山的軍營去——

　　這樣就不妙了！

　　阿榮拉車的頭一天（也可以說是最後一天），正好是市參議會第一天開會的日子，晚上市長和那些議員約在酒家吃飯，我們想著，生意一定不錯吧。我和阿榮早早就去到酒家門口等班，我還說他真是好運，第一天就遇上這大日子。二個人坐在酒家對面的一棵大樹下正在聊天，想不到那個少校突然就跳了出來。

當底開講,想未夠彼個少校仔雄雄道跳出來。

「你這個亡國奴!狗奴才!你是個啥麼東西啊!」伊講咧講咧,道「砰!」一聲,對天頂開槍,然後將槍拄值我 e 頭殼。

「長官啊!饒命啊!」我驚一下,隨道雙腳落軟,跪值土腳。

我夯頭看伊 e 面,橫霸霸,若像卜將我拆吃落腹。

若是過去,我想,我是穩死無活 e 啦,佳哉彼工,一陣人聽著槍聲,攏箍倿來。

「貴仔,你是安怎,你去惹人呢?」阿榮問。

我講:「無啊!無代無誌,阿道是彼工伊坐我 e 車,伊醉死去,我嘸知影殷厝,給送轉去軍營,安呢道……」我一面講,歸身軀疲疲顫。阿彼個少校仔是一身軀酒味。我閣講:「而且,我根本道無收伊 e 錢。」

彼個少校仔喝講:「他媽的,你還辯!存心讓我難看,是不是?是不是?我斃了你!」

我講:「長官!你聽我說,你聽我說……」

即時陣邊仔道有人喝:「阿山閣底打人啊啦!阿山閣底打人啊啦!」

「阿山仔吃人夠夠!」

「打阿山啦!打啦!打啦!」

結果,第一個出手 e 嘸是別人,正是倚值我身邊 e 阿榮。伊一步踏晉前,腳伸起來,道位少校仔 e 腹肚踢去。少校仔予踢一下,隨道將拄值我頭殼頂 e 槍徙去對伊。「砰!」一聲,少校開一槍,無打著阿榮,結果打著阿榮拄才買 e 人車頂頭,人車 e 椅

「你這個亡國奴！狗奴才！你是個啥麼東西啊！」他說著說著，便「砰！」一聲，對天鳴槍，然後將槍口抵上我的腦袋瓜。

「長官啊！饒命啊！」我嚇一跳，剎時間就雙腳放軟，跪在地上。

我抬頭看他的臉，兇煞橫霸，似乎要把我吃掉似的。

如果是在過去，我想，我是必死無疑的了，好在那天，一群人聽見槍聲，都圍攏上來。

「貴仔，你是怎麼了，你去招惹人呀？」阿榮問。

我說：「沒啊！又沒什麼事，就是那天他坐我的車，他醉死了，我不知道他家在哪，只好把他送回去軍營，這樣就……」我一面講，全身發抖得厲害。而那個少校是一身酒味。我繼續說：「而且，我根本就沒收他的錢。」

那個少校喊道：「他媽的，你還辯！存心讓我難看，是不是？是不是？我斃了你！」

我說：「長官！你聽我說，你聽我說……」

這時旁邊就有人喊：「阿山仔又在打人啦！阿山仔又在打人了啊！」

「阿山仔吃人夠夠！」

「打阿山啦！打啦！打啦！」

結果，第一個出手的不是別人，正是站在我身邊的阿榮。他一個步伐向前，腳抬起來，就往少校的肚子踢去。少校被踢一下，馬上就將抵在我頭上的槍移走對著他。「砰！」一聲，少校開了一槍，沒打中阿榮，結果打在阿榮才買來的人力車上頭，人力

chu⁷ 仔破一大孔，內底 e 棉紗親像炸彈爆炸齊飛出來。

邊仔 e 人看著安呢，喝加愈大聲，差不多做夥 chhi⁷ 偎來。我嘸知影，箍偎來 e 人當時哪會變加遮呢濟。

「打阿山啦！打啦！打啦！」

少校仔看勢面嘸對，一個面反青，幹咧道做伊走。一群人隨道追過去，我嘛綴咧走過看。

「蕃薯仔徛出來啦！無徛出來嘸是蕃薯仔子啦！」

「打阿山啦！打阿山啦！咁講咱會輸台北人？打啦！打啦！」

喝喊 e 聲音愈來愈大，彼個少校仔走入去酒家匿。

一陣人圍值酒家門口，有人講卜闖入去，嘸過嘛有人看著警察局長 e 烏頭仔車停值靴，喝講：「卡細膩咧！賊頭童仔葆昭值內面吃飯。」道值即個時陣，我聽著阿榮 e 聲。伊徛出來，大喝一聲：「安呢愈好！咱給賊頭 e 車燒燒咧抵數！」

「好啊好啊好啊！燒賊頭仔車抵數啦！」一陣人嘛綴咧喝。

續落，我道看阿榮 sak 伊彼台予槍彈過 e 人車，位烏頭仔車 e 方向衝過去。我走過卜給擋，遂予伊 sak 值邊仔。伊講：「貴仔！你即個無卵 e，徛卡邊仔咧！」道安呢，伊 sak 彼台早起拄買 e 人車，位烏頭仔車 e 車肚撞落去。一陣人看安呢，攏大聲喝：「歸氣給燒燒 e 啦！燒燒予去啦！」

才過一下仔，我聽著一聲爆炸，烏頭仔車道變做一葩火，灼起來⋯⋯

車的椅墊破了一個大洞，裏頭的棉絮就像是炸彈爆炸般齊飛出來。

　　一旁的人看到這場面，喊得更大聲了，差不多全部一起湊上來。我不知道，圍攏過來的人什麼時候也變得這麼多了。

　　「打阿山啦！打啦！打啦！」

　　少校看情勢不對，臉色發青，轉身就跑。一群人馬上就追過去，我也跟著跑過去看。

　　「蕃薯仔站出來啦！沒站出來不是蕃薯仔啦！」

　　「打阿山啦！打阿山啦！難道說我們會輸台北人嗎？打啦！打啦！」

　　呼喊的聲音愈來愈大，於是那個少校就跑進去酒家躲起來。

　　一群人圍在酒家門口，有人說要闖進去，不過也有人看見警察局長的黑頭座車停在那兒，喊道：「小心點啊！賊頭童仔葆昭在裏頭吃飯。」就在此刻，我聽見阿榮的聲音。他站出來，大吼一聲：「這樣更好！咱們把賊頭的車燒一燒充數！」

　　「好啊好啊好啊！燒賊頭的車充數啊！」一群人也跟著喊。

　　接下來，我就看著阿榮推他那輛被槍打過的人力車，往黑頭座車的方向衝過去了。我跑過去要擋住他，卻被他推開了。他說：「貴仔！你這個無卵的，站一邊去吧！」就這樣，他推著那輛早上才買的人力車，向黑頭座車的車腹撞下去。一群人看這樣，都大聲呼喊：「乾脆給燒掉吧！給燒下去吧！」

　　才過一下子，我就聽見一聲爆炸，黑頭座車變成了一團火，灼燒起來……

5

自彼擺了，我道無閣看著阿榮，卡正確來講，是逐家死 e 死，逃 e 逃，我完全無阿榮 e 消息。彼日勢面傷歹，看著火灼起來，我隨道走啊，未赴牽我 e 人車。市街路傳出槍聲，連續幾若工，我匿值厝裏一直嘸敢出門，當然，我 e 人車是紡見去啊。唉！遐是一甲田 e 錢買 e 啊！

我嘸是無去探聽阿榮 e 消息。風聲漸漸卡 ling[7] 之後 e 某一日，我去夠壽山腳想卜揣伊。阿榮 e 老母坐值門腳口，幾年無看，她親像老卜歸十歲，全無血色。我給招呼，她認著我，本底二蕾親像死魚目 e 目睭，雄雄熠出光彩。她隨道開嘴問我咁有阿榮 e 消息，我只有搖頭。彼二蕾目睭又閣死沉落去。本底我想卜給講彼張借據 e 代誌，不過，看她安呢，我嘸知卜安怎開嘴，只好恬恬離開。

三個月過去啊，今仔日盈暗 hip 閣熱，陳桑走了，我倒值眠床頂，安怎道睏未去。咁講後禮拜我若無法度闖四斗米來，阮誠實連即間厝都無通徛？安呢我 e 阿母卜安怎？想夠遮，我 e 心肝歸個滾絞起來。我想，明仔載，我閣來去壽山腳一遭，好定，好定阿榮道會出現啊——

不過，咁有可能？

道算伊出現，閣會凍安怎？

即馬米一斗起夠千外箍，莫講是四斗，道算是四兩，阮都無定著闖有啊，唉……

5

　從那次以後，我就沒再見過阿榮了，較正確地說，是大家死的死，逃的逃，我完全沒有阿榮的消息了。那天情勢太壞，一看見火灼燒起來，我馬上就跑了，來不及牽我的人力車。街道傳出槍聲，連續幾天，我藏在家裏一直不敢出門，當然，我的人力車是不見了。唉！那是一甲田地的錢買的啊！

　但我不是沒去探聽阿榮的消息。風聲逐漸平息之後的某一日，我去到壽山下想要找他。阿榮的母親坐在門口，幾年沒見，她卻似乎老了十歲，全無血色。我向她打招呼，她認出我來，原本一雙像是死魚眼的眼睛，突然閃出了光彩。她先開口問我有沒有阿榮的消息，我只有搖頭。那雙眼睛又死沉下去了。本來我想提那借據的事，不過，看她這樣，我不知道怎麼開口，只好靜靜地離開。

　三個月過去了，今天晚上又悶又熱，陳桑走之後，我躺在床上，怎麼也睡不著。難道下禮拜我若籌不出四斗米，我們真的連這間屋子也沒得住嗎？那麼我的老母親要怎麼辦呢？想到這兒，我的心就整個翻滾起來。我想，明天，我再去壽山下一趟，說不定，說不定阿榮就會出現了啊——

　不過，有可能嗎？

　就算他出現，又能如何呢？

　現在白米一斗已經漲到了一千多塊，別說是四斗，就算是四兩，我們都不一定籌得到啊，唉……

　　窗外是無雲 e 熱天暗暝，我親像看見彼日 e 彼葩火，值夜空中灼起來，而且值火光之中，有彼個酒家小姐 e 身影，她穿一軀金黃懸叉 e 旗袍，只是我看未清楚她 e 面容。

　　彼葩火親像愈來愈大，卜給任何 e 一切燒去。

　　天公伯仔，你咁真正疼憨人？

　　我感覺真齷齪，爬起來，想卜去外口行行 e，結果才行出房間，道看見烏暗 e 廳裏，阮阿母徛值阮老爸 e 神主牌仔頭前。值微微 e 香火之中，我聽見她對阮老爸安呢講：

　　「樹木仔，你值天頂道目睭 peh 金，保庇咱貴仔勇健喔。咱干擔即個子，你道嘸通予伊失覺察去。我明仔載卜給講，厝無去道無去啊，咱莫去合人爭，命道留咧，對否？樹木仔，即個時勢，嘸是咱會使主張 e，你三不五時嘛道轉來行行咧，給託一個夢，開剖予聽。唉，有時陣即個囝仔我是真無法伊喔，我是煩惱伊想未開，你道要小給開剖，伊才會聽有啦，houN？樹木仔……」

　　嘸知是安怎，我 e 目屎溢值目墘，烏暗中，微微 e 香火 thoaN³ 開，變做朦朧一片。

——2003/12/14

　　窗外是無雲的夏天夜晚，我彷彿看見了那天的那一團火，在夜空中灼燒起來。而且在火光之中，有那個酒家小姐的身影，她穿著一身金黃高叉的旗袍，只是我看不清楚她的面容。

　　那團火似乎愈來愈猛烈，要把任何的一切給燒掉。

　　老天爺啊，你真的疼儍人嗎？

　　我感覺很煩躁，爬起來，想去外頭走走，結果才走出房間，就看見黑暗的廳堂裏，我的母親站在我父親的神主牌前面。在微微的香火之中，我聽見她對我的父親這麼說著：

　　「樹木仔，你在天上就要睜亮眼睛啊，庇祐我們貴仔勇健喔。我們只有這個兒子，你就別讓他出什麼閃失啊。我明天要告訴他，屋子沒了就沒了，我們別去和人爭，命得留著啊，對不對？樹木仔，這個時勢，不是我們可以主張的，你三天二頭也要回來走走，給託個夢，點破他啊。唉，有時這個孩子我是真沒他辦法喔，我是煩惱他想不開啊，你一定要點破他，他才會聽懂啊，嗯？樹木仔……」

　　不知道爲什麼，我的眼淚溢在眼眶了，黑暗中，微微的香火暈開，變成朦朧一片。

——2003/12/14

166

總司令最後 e 春天

　　值一個難得 e 機會，我熟識一位歷史研究所 e 老調查員，伊知影我對 1947 年 e 二二八事件真有興趣，道將下面即份伊幾年來收集 e 資料寄予我。這主要是一份訪問紀錄，真正 e 主角是高雄地區 e 青年反抗軍總司令杜劍英。1947 年 3 月 6 日，杜劍英合其他六個代表去夠壽山頂 e 高雄要塞合要塞司令彭孟緝談判，被拘捕槍殺值山頂。

歷史檔案

　　警備總部二二八案件人犯名冊：「杜劍英，共同首謀意圖顛覆政府而著手實行，處死刑，褫奪公權終身。」

訪問一：某杜氏遠親

　　你問我總司令杜劍英 e 代誌？呃……（伊面色躊躇）老鄉親，你講話要細膩。我只是一個做小生理 e 人啊，你嘛知影，即馬 e 年冬，真歹趁吃啦。我值菜市仔口賣魚貨，有時為著厝裏大細一家口仔，嘛是道要拚性命呢！透早天未光道做夠透暗，只是趁一

[華語]

總司令最後的春天

在一個難得的機會，我認識一位歷史研究所的老調查員，他知道我對 1947 年的二二八事件很有興趣，就將下面這份他幾年來收集的資料寄給我。這主要是一份訪問紀錄，眞正的主角是高雄地區的青年反抗軍總司令杜劍英。1947 年 3 月 6 日，杜劍英和其他六個代表去到壽山頂的高雄要塞和要塞司令彭孟緝談判，被拘捕槍殺在山頂。

歷史檔案

警備總部二二八案件人犯名冊：「杜劍英，共同首謀意圖顛覆政府而著手實行，處死刑，褫奪公權終身。」

訪問一：某杜氏遠親

你問我總司令杜劍英的事？呃……(他臉色猶豫)老鄉親，你講話要當心。我只是一個做小生意的人啊，你也知道，現在的年頭，很難溫飽啦。我在市場前賣魚貨，有時爲了一家大小，也是要拚性命的呢！一大清早天還沒亮就忙到半夜，只是賺口飯吃而

嘴飯吃爾啦,其他 e 代誌,我嘸八底眯,我是老實人啊,老鄉
親……啥物?親晟[chiang⁵]?你哪會知影?唉呀……(伊身軀微
微仔顫,面色驚嚇)好啦!既然你講你無歹意,我相信你,只
是……咱憑良心,老鄉親,人底講,出外是靠朋友,即句話嘸是
無道理 e,親晟罔親晟哩,幾代落來,行值路裏嘸知通相借問,
這情形嘛是有 e,所以人講人情卡薄紙,有影是安呢道對哩……
是,阮杜家是澎湖人,你講 e 杜劍英,算起來是我一個叔伯叔仔
e 孫啦。

老鄉親,阮澎湖小島,是一個散赤所在啊。歸年通天 e 海
風,雨水無夠,日頭曝落來,種作攏死,存一坵土豆啊。我給阮
老爸講,人嘛會 lian 去,會 lian 去啊,所以道離開故鄉,來夠
港都打拚。我合劍英仔殷老爸憨樹仔,攏去值碼頭做捆工。老鄉
親,阮是濟濟澎湖捆工 e 其中二個。遐正是一個艱苦 e 時代啊。
你講,做捆工咁通輕鬆?三頓吃未飽,一個肩胛予物件 teh 加卜
崩 pit 去。阮講,道卡吞忍咧!阮每一日夯頭看向海 e 彼爿天 e
澎湖故鄉,只為著一工會使光榮轉去鄉里啊。阿憨樹仔一身軀排
骨予日頭曝加烏驫驫,汗擦擦咧給我講,伊只向望生一個後生,
生一個後生為杜家傳後啊。伊 e 一個腰脊骨予船貨 teh 加伸未直
囉。

春天夠位,憨樹仔殷牽手柳仔,十月懷胎,果然生一個虎生
將才 e 查甫囝仔,道是劍英仔啦。憨樹仔笑頭笑面給我講,雖然
伊即世人注定是捆工命,嘸過伊即個虎生將才 e 後生,必定會替
伊爭一口氣啊。結果伊將囝仔抱去予算命仙看。

已啦，其他的事，我不曾管的，我是老實人啊，老鄉親……什
麼？親戚？你怎麼會知道呢？唉呀……（他身體微微地顫著，臉
色驚恐）好啦！既然你說你沒惡意，我相信你，只是……我們憑
良心，老鄉親，人家說，出外是靠朋友，這句話不是沒道理的，
親戚歸親戚，幾代下來，走在路上不知道要打招呼，這情形也是
有的，所以人家說人情比紙薄，真的是這樣啊……是的，我們杜
家是澎湖人，你講的杜劍英，算起來是我一個堂叔的孫子啦。

　　老鄉親，我們澎湖小島，是一個赤貧之地啊。整年刮著海
風，沒有雨水，太陽一曬下來，耕作都死了，剩著一畝花生啊。
我告訴我父親，人也會枯掉，會枯掉的啊，所以就離開故鄉，來
到了港都打拚。我和劍英的父親憨樹仔，一起去到了碼頭當搬運
工。老鄉親，我們是許多澎湖搬運工的其中二個。那確是一個艱
苦的時代啊。你說，當搬運工能輕鬆嗎？三餐不飽，一個肩膀被
貨物壓得快崩裂了。我們說，得要忍著點！我們每天抬頭看海的
那邊的澎湖故鄉，只為著有天可以光榮回去鄉里啊。而憨樹仔一
身排骨被太陽曬得黑透了，擦掉汗告訴我，他只希望生個兒子，
生個兒子為杜家傳後啊。他的背脊被船貨壓得伸不直囉。

　　春天到了，憨樹仔的妻子柳仔，十月懷胎，果然生了一個健
碩的男孩子，就是劍英啦。憨樹仔滿臉笑容地告訴我說，雖然他
這輩子注定是幹搬運工人的命，不過他這個健碩有著大將之風的
兒子，必定會替他爭一口氣的。結果他將孩子抱給了算命仙看。

　　算命仙說：此兒生來剋煞，乃是大好大壞之命，尤其豬年要
特別小心。

算命仙講：此兒生來剋煞，乃是大好大歹之命，尤其豬年要特別細膩。

即聲憨樹仔遂憂頭結面起來。

大好大歹，嘛閣一字好，對否？一半一半，免煩惱啦，我是安呢勸伊 e。

憨樹仔講，伊嘸信有啥物剋煞，閣再講，命總嘸是完全未改得 e。有一工，阮道準備三牲素果，將囝仔抱去聖帝祖 e 面前改命，求聖帝祖派一帖符仔水予飲。

「關聖帝君，關聖帝君，信徒，信徒杜大樹啊，生一個後生，名號做杜劍英，算面先生講伊命中帶煞，關聖帝君啊，你若有靈有聖，道保庇犬子此去順遂，予信徒闔家大細平安，阿信徒必定是三牲四果好好仔答謝你啊，關聖帝君。」

只是，嘿，老鄉親，命咁真正是咱會改得 e？閣過二冬，憨樹仔得著肺癆，一口氣喘未過，遂過身去。命啦，命啦！咱人未獎得！

若講著劍英仔，狗怪啦，自細漢道嘸好好仔讀冊。我猶會記，我一個後生讀公學校 e 時合伊全班，喔，伊都已經慢人讀啊，爬牆仔啦，冤家啦，不時嘛予老師罰跪，阮後生轉來學予我聽，講老師捷捷叫伊跪值壁邊，雙手夯懸，捧一個大盒仔，若像底賣アンパン e，道是日本話 e 餡 phang² 啦，結果殷同窗道攏叫伊「餡 phang²」。這柳仔實在真害道是，孤一個子，放加安呢。若我道無通啊喏，我予阮子讀冊，讀冊。未讀 e，甘願予做工。你講，做做返兵是卜創啥？

這下子憨樹仔竟憂容滿面了。

大好大壞，也還有個好字，對嗎？一半一半，別煩惱啦，我是這麼勸他的。

憨樹仔說，他不信有什麼剋煞，再說，命總不是完全不能改的。有一天，我們就準備了三牲素果，將孩子抱到聖帝祖的面前改運，求聖帝祖派帖符給他喝。

「關聖帝君，關聖帝君，信徒，信徒杜大樹啊，生一個兒子，名叫杜劍英，算面先生說他命中帶煞，關聖帝君啊，你若有靈有聖，就保祐犬子此去順遂，讓信徒闔家大小平安，而信徒必定是三牲四果好好答謝你啊，關聖帝君。」

只是，嘿，老鄉親，命運可真是我們能改的嗎？又過二年，憨樹仔得了肺癆，一口氣喘不過來，竟過世了。命啦，命啦！我們人是不能太聰明的！

若談起劍英仔，頑皮啦，從小就不好好讀書。我還記得，我一個兒子讀公學校的時候和他同班，喔，他都已經比別人晚讀了，爬牆啦，吵架啦，時常地被老師罰跪，我兒子回來告訴我，說老師常常叫他跪在牆邊，雙手舉高，捧個大盒子，像是在賣ア ンパン的，就是日本話的有餡麵包啦，結果他們同窗就都叫他「餡包」。這柳仔實在真糟糕啊，單一個兒子，任他這樣。要我就不成了，我讓我兒子讀書，讀書。不能讀的，寧願讓他去做工。你說，當那個兵是要幹什麼呢？

我聽說劍英後來去了唐山當兵有好幾年，光復後回來，多風光啊，還當了個什麼主任，哼，有啦，門面是好看啦，但可是個

　　我聽講劍英仔落尾去值唐山做兵有幾若冬，光復了轉來，外chhiaN⁵ iaN⁷ 咧，閣做一個啥物主任，哼，有啦，尪仔頭是好看啦，嘸過咁是頭路？飫飢失頓猶無打緊，生命休去都有。所以我講柳仔未曉想道是安呢。嘸對了了啦！嘸才會你看柳仔哭加安呢。道是啊，先是死翁，閣來遂存一個孤子都烏有去……卜怪誰？

　　我講咱人 e 一生卜行夠叨註好好 e 啦，若是像即款 e，當時仔卜發生啥物代誌，誰講會準對否？老鄉親，這我嘸八，我嘸八。我是一個安分守己 e 生理人啊。

　　你講啥？聯絡？無，嘸八，自彼擺代誌發生道嘸八閣聯絡！（伊口氣堅決）若有，是清明轉去澎湖祖墓，有一二擺看著柳仔，她瘦卑巴，眞不成人。她只是徛遠遠，失神失神。我無合她講話，確實無，無啦。唉呀！遐是安怎樣 e 一段日子啊？喔，老鄉親，我嘸願閣想啊！無暝無日 e 哭聲，唉，聽著靴哭聲，我道感覺咱人 e 生命，其實是外呢嘸值，外呢嘸值啊！

　　你講杜劍英冤枉？是有啦，嘸過，彼時若無予兵仔打死，嘛無在穩尾後道未予另外啥物人打死，對否？怪命啦，怪伊家己 e 性地啦！啥物代誌嘛全款，無德無定，自細漢道安呢，展遐風神卜創啥？總司令？恬恬過日咁眞歹過？

　　失禮，其他 e 代誌我道攏無瞭解，我講過，我是一個老實人啊。阿若是柳仔，我知影 e 眞少。聽講後來信阿督仔教。連祖公仔都嘸拜啊，閣會凍創啥……（輕視 e 表情）

活嗎？吃不飽還不打緊，丟了性命都可能。所以我說柳仔不會想
就是這樣。全不對啦！要不你看柳仔哭成這樣。就是啊，先是死
了丈夫，再來竟連個獨生子都化成烏有……要怪誰呢？

　　我說咱們人的一生要走到哪兒都註定好的啦，若是像這種
的，什麼時候要發生什麼事，誰說得準對吧？老鄉親，這我不
懂，我不懂。我是一個安分守己的生意人啊。

　　你說什麼？聯絡？不，不曾，從那事情發生後就不曾聯絡
了！（他口氣堅決）若有，是清明回去澎湖祖墳，有一二次看見柳
仔，她瘦不啦嘰的，真不成個人。她只是站遠遠地，失神發愣。
我沒和她講話，確實沒有，沒有啦。唉呀！那是怎樣的一段日子
啊？喔，老鄉親，我不願再想了！日以繼夜的哭聲，唉，聽見那
些哭聲，我就感覺咱們人的生命，其實是多麼不值得，多麼不值
得啊！

　　你說杜劍英冤枉？是有啦，不過，當時若沒給士兵打死，也
不保證之後就不被另外什麼人打死，對吧？怪命啦，怪他自己的
性格啦！什麼事也一樣，定不下性子，從小就這樣，強出頭做什
麼呢？總司令？靜靜過日子難道真的不好過嗎？

　　失禮，其他的事我都不瞭解，我說過，我是一個老實人啊。
至於柳仔，我知道的很少。聽說後來信了基督教。連祖先都不拜
了，還能幹什麼呢……（輕視的表情）

訪問二：大砲議員

　　自古好漢多怨嘆！咁講嘸是？啊！老兄弟，咁講，咱蕃薯仔道註定彼款 e 糟蹋，無通出聲，減采若存有淡薄仔骨氣，嘛是道吞忍落？這是啥物道理，啥物道理？咁講咱，咱道註定是……咳……咳……（伊雄雄大嗽，面掩咧親像底哮）唉老兄弟，我郭某某無老，我無老啊，若叫我閣拚一場，血祭，血祭台灣，我是卜去 e，我是卜去 e 啊！

　　我 e 先祖，福建泉州人士，值清朝遷徙來夠小琉球合崙仔頂之間 e 孤島太監府，彼個島有幾戶人家，是樸實 e 化外小島。不過，後來太監府是消失去啊，沉落值海底。我 e 阿公值太監府沉落晉前，閣再遷徙，來夠東港街庄，滯值街庄外 e 一間土角 e 草寮，搖鈴瓏賣雜細過日。日本時代，我 e 阿爹經營魚行，打出一片天下，夠我出世 e 時，厝裏已經小有餘財。老兄弟，阮郭家先民，是打拚 e 啊，所以呢，我生來嘛嘸是輕可 e 命。天行健，君子以自強不息。要拚啊，要拚啊，目睭瞌去，干擔留一個名爾啦！於斯，我將我 e 一生，獻予咱蕃薯仔，道算講我 e 雙手予鮮血所染，我嘛願意。主耶穌啊，請用祢 e 仁慈赦免我，請用祢 e 寶血遮嵌我，請赦免我滿是血 e 即雙手……（伊將頭殼額擱在伊握按 e 雙手）

　　日本時代，我讀過幾年 e 公學校，夠我十歲，我 e 阿爹道將我送入府城台南 e 教會初中。是的，阿爹伊是一位虔誠 e 基督徒。喔主耶穌啊，請祢成做我 e 石磐合倚靠，向望祢公義 e 國降

訪問二：大砲議員

自古好漢多懷嘆！難道不是？啊！老兄弟，難道，咱蕃薯仔就註定那般的糟蹋，不能出聲，就算剩著點淡薄的骨氣，也得忍氣吞聲？這是什麼道理，什麼道理？難道咱，咱就註定是⋯⋯咳⋯⋯咳⋯⋯（他突然大咳，掩面若哭）唉老兄弟，我郭某某沒老，我沒老啊，若叫我再拚一場，血祭，血祭台灣，我是要去的，我是要去的啊！

我的先祖，福建泉州人士，在清朝遷徙來到小琉球和崙仔頂之間的孤島太監府，那個島有幾戶人家，乃是樸實的化外小島。不過，後來太監府是消失了，沉落海底。我的祖父在太監府沉落前，再次遷徙，來到東港街庄，住在街庄外的一間土角的草寮，搖鈴瓏賣雜細過日。日本時代，我的阿爹經營魚行，打出一片天下，到我出生時，家裏已經小有餘財。老兄弟，我郭家先民，是打拚的啊，所以呢，我生來也不是輕鬆的命。天行健，君子以自強不息。要拚啊，要拚啊，眼睛閉上，只剩個名而已啦！於斯，我將我的一生，獻給咱蕃薯仔，就算我的雙手被鮮血所染，我也願意。主耶穌啊，請用祢的仁慈赦免我，請用祢的寶血遮蓋我，請赦免我滿是血的這雙手⋯⋯（他將額頭擱在他握緊的雙手）

日本時代，我讀過幾年的公學校，到我十歲，我的阿爹就將我送入府城台南的教會初中。是的，阿爹他乃是一位虔誠的基督徒。喔主耶穌啊，請祢成為我的磐石和倚靠，希望祢公義的國降臨，請祢成為我的盾牌，我已經知道什麼是殖民地的悲哀囉。就

臨,請祢成做我e盾牌,我已經知影啥物是殖民地e悲哀囉。親
像我e厝邊,一個日本警察e後生,伊是外呢仔獒用話來給咱侮
辱,叫阮清國奴,清國奴啊!阿我,只會凍齒根咬咧暗自悲嘆。
總是值暗暝e夢中,我e身軀虛弱,漂浮在半空中,親像茫茫揣
無巢e雀鳥啊。醒起來,我道安呢想:我不過是有身無命e人,
我要走揣我e救恩。一直夠四年彼冬,出現一位英語教師,儒生
模樣,不過,呵,伊竟然值課堂教阮讀法蘭西大革命e文章。當
伊講夠法蘭西e人民攻入去巴士底監獄,勝利啊,勝利啊,伊e
雙手夯懸,阮e靈魂一時間嘛值久夢中清醒起來。是的,彼時e
我是安呢想e,我原來有祖國,美麗多情e祖國,有勇敢e人
民,我無孤單啊。是的,伊道是林茂生博士啊!只是,嗚呼吾
師……祖國,是安怎款待你e,安怎誣賴你e啊?(伊大力宕一
下桌仔)是的,我無對不起祖國,哼,是祖國對不起我……你看
覓咧,我為祖國做啥,我郭某某是八為祖國流血e人啊……

　　1919年,我去夠東京讀冊,加入新民會,然後值1926年,
加入中國國民黨e東京秘密黨部。呵,彼個時陣,我雙手夯懸,
講,咱台灣人,要覺醒啊,四萬萬e祖國同胞,才是咱e同胞
啊,我是外呢仔為漢民族e血脈感覺光榮。堯舜漢武家世赫赫,
呵,我大聲喝喊,日本蠻子!日本蠻子!咱台灣人哪會使來予殷
糟蹋,予殷看輕,予殷侮辱?老兄弟,竟然我道值北國e大雪裏
哮出聲囉,不過,遐嘸是稀微e哮聲,遐是憤慨有氣力e哮聲
啊。我要振作,我要拚,我要爭取台灣人e前途……呵,咱e前
途值祖國啊。你看覓咧,這是彼時陣e老相片,是黎元洪大總

像我的鄰居，一個日本警察的兒子，他是多麼善用話來侮辱我們，叫我們清國奴，清國奴啊！而我，只能夠咬著牙暗自悲嘆。總是在暗夜的夢中，我的身軀虛弱，漂浮在半空中，像是茫茫找不到巢的雀鳥啊。醒來，我就這麼想：我不過是有身沒命的人，我要奔找我的救恩。一直到四年級那年，出現一位英語教師，儒生模樣，不過，呵，他竟然在課堂教我們讀法蘭西大革命的文章。當他講到法蘭西的人民攻入巴士底監獄，勝利啊，勝利啊，他的雙手舉高，我們的靈魂剎那間也在久夢中清醒了。是的，那時的我是這樣想的，我原來有祖國，美麗多情的祖國，有勇敢的人民，我沒孤單啊。是的，他就是林茂生博士啊！只是，嗚呼吾師……祖國，是怎麼款待你的，怎麼誣賴你的啊？（他大力敲一下桌子）是的，我非對不起祖國，哼，是祖國對不起我……你看，我為祖國做了什麼，我郭某某是曾為祖國流血的人啊……

　　1919 年，我到東京讀書，加入新民會，然後在 1926 年，加入中國國民黨的東京秘密黨部。呵，那個時候，我雙手舉高，說，咱台灣人，要覺醒啊，四萬萬的祖國同胞，才是咱的同胞啊，我是多麼為漢民族的血脈感覺光榮。堯舜漢武家世赫赫，呵，我大聲喝喊，日本蠻子！日本蠻子！咱台灣人哪能來讓他們糟蹋，讓他們看輕，讓他們侮辱？老兄弟，竟然我就在北國的大雪裏哭出聲囉，不過，那不是虛假無力的哭聲，那是憤慨有氣力的哭聲啊。我要振作，我要拚，我要爭取台灣人的前途……呵，咱的前途在祖國啊。你看，這是那時候的老相片，是黎元洪大總統，我上萬言書給他，我說，中國必須統一，台灣才能得救啊，

統，我上萬言書予伊，我講，中國必須統一，台灣才通得救啊，阿伊道大大力將我 e 肩胛頭搭一下，好男兒，好男兒啊！

轉來了後，我定居值高雄。

1941 年，太平洋戰事爆發，嗡嗡 e 警報響起來囉！炸彈啊，炸彈啊，美國 e 戰機位海 e 彼爿飛來，轟！轟！港區 e 碼頭、船隻、樓仔厝，爆炸崩倒，彼時陣我道暗想，呵呵，祖國 e 春天接近囉，台灣人 e 春天接近囉！阿靠日本仔狗，原來是知影阮底想啥 e 啊！殷推行國語家庭運動，推行改名運動。哼！我郭某某，咁是恁日本仔狗會使買收 e？阿殷果然是真獒記仇報冤 e 人啊！道值即個時陣，發生了東港事件。殷確實是真獒報冤 e 人啊！因為東港事件，台南有名 e 歐律師入獄囉，閣有我 e 妹婿，豈有此理！無罪證啊，阿我，嘛是學法律 e 人啊！我為殷奔走、抗訴，結果日本仔狗講我嘛是謀事者，講我值雞寮仔裝發報機，洩漏軍情，呵呵，屈打成招啊，殷予我坐值井字形 e 柴架仔頂，將我綁按，才一目睭，我 e 腳腿道麻去，痛啊，痛啊，二暝二日，我一句話都無講，一擺閣一擺值虛弱之中眠去，然後，有皮鞭 sut 值我 e 身軀，一陣一陣 e 抽痛予我醒來。痛啊！真不成人！我齒根咬咧，不斷給家己講，要堅定，我有漢民族 e 志氣啊……只不過是，老兄弟，你永遠要知影，終其尾，咱 e 意志值肉體疼痛 e 時，完全是軟弱 e 啊！最後我服罪囉，被判重刑……

遮前後有東港事件、鳳山事件、旗山事件、旗後事件，四大事件受牽連入冤獄者有千幾人，阿你咁知影萬惡不赦 e 大魔頭是誰[siang⁵]？哼哼！道是彼時 e 高雄州警察署特高警部：仲井清

而他就大力地拍著我的肩頭，好男兒，好男兒啊！

回來後，我定居在高雄。

1941 年，太平洋戰事爆發，嗡嗡的警報響起來囉！炸彈啊，炸彈啊，美國的戰機從海的那邊飛來，轟！轟！港區的碼頭、船隻、樓厝，爆炸崩倒，那時候我就暗想，呵呵，祖國的春天接近了，台灣人的春天接近了！而那些日本狗，原來是知道我們在想啥的啊！他們推行國語家庭運動，推行改名運動。哼！我郭某某，可是你們日本狗可以收買的？而他們果然是很會記仇報冤的人啊！就在這個時候，發生了東港事件。他們確實是很會報冤的人啊！因為東港事件，台南有名的歐律師入獄了，還有我的妹婿，豈有此理！沒罪證啊，而我，也是學法律的人啊！我為他們奔走、抗訴，結果日本狗說我也是謀事者，說我在雞寮裝發報機，洩漏軍情，呵呵，屈打成招了，他們讓我坐在井字形的木架上，將我綁緊，才一轉眼，我的腿就麻了，痛啊，痛啊，二天二夜，我一句話都沒講，一次又一次在虛弱之中睡去，然後，有皮鞭轆在我的身軀，一陣一陣的抽痛讓我醒來。痛啊！真不成個人！我咬著牙，不斷告訴自己，要堅定，我有漢民族的志氣啊……只不過是，老兄弟，你永遠要知道，到最後，我們的意志在肉體疼痛時，完全是軟弱的啊！最後我服罪了，被判重刑……

這前後有東港事件、鳳山事件、旗山事件、旗後事件，四大事件受牽連入冤獄者有一千多人，而你可知那萬惡不赦的大魔頭是誰？哼哼！就是當時的高雄州警察署特高警部：仲井清一。（他說著說著，咬牙切齒起來）

一。（伊講咧講咧，咬牙切齒起來）

　　話講倒轉來，老兄弟，只要存一口氣，咱總是有機會 e 啊。一起先，我認為我會死值獄中，戰爭啥物時陣會結束啊？祖國 e 勝利，何時夠位啊？我 e 意志漸漸稀微，是的，我重病囉，陷入半昏迷之中。1945 年 7 月，殷講，我未活啊，所以將我送出來。哼，好聽，保外就醫，是無想卜予我死值監獄啊！結果，天助我也，閣過無外久，原子彈道揲值長崎、廣島，日本天皇「玉音」放送，無條件投降。哈哈！咱贏啊，咱贏啊啦！我跳起來。一時間，我 e 病齊好啊。我行上街仔路，大聲喝喊：仲井清一，我郭某某，要你人頭來祭！

　　殷日本人終其尾嘛是無膽 e 啊，有幾個日本僑民聽著風聲，來夠我厝裏負荊請罪，閣提「金一封」二十萬大圓想卜安搭。呵，東港事件，千百人受牽連啊！二十萬算啥？老兄弟，我郭某某，咁是殷會使買收 e？不過當然，我嘛是給錢收落來。即條錢，嘸是為著我郭某某，是為著卜招兵買馬，血祭台灣，卜血祭台灣 e 啊。我對天咒詛，卜殺盡靴日本特高！然後，我位台灣頭行夠台灣尾，參加一場閣一場 e 演講大會，是的，我是國民黨 e 老黨員啊，三民主義萬歲，中華民國萬歲，台灣人出頭天囉！

　　呵呵！我卜報仇啦！

　　道值即個時陣，杜劍英出現值我 e 面前。

　　我非貪財之人，只求盡雪國仇，一快也！是的[ti]，伊是安呢講 e。我看此人儀表堂堂，體格懸強，頭戴一頂烏色禮帽，手托[thuh]一枝柺仔，全然紳士模樣，不過講話 e 氣勢凜凜，

　　話說回來，老兄弟，只要存口氣在，咱總是有機會的啊。起初，我認爲我會死在獄中，戰爭什麼時候會結束啊？祖國的勝利，何時來到啊？我的意志漸漸微弱了，是的，我重病了，陷入半昏迷之中。1945 年 7 月，他們說，我活不成了，所以將我送出來。哼，說的好聽，保外就醫，是不想要讓我死在監獄啊！結果，天助我也，再過沒多久，原子彈就投在長崎、廣島，日本天皇「玉音」放送，無條件投降。哈哈！咱贏了，咱贏了啦！我跳起來。一時間，我的病都好了。我走上街頭，大聲喝喊：仲井清一，我郭某某，要你人頭來祭！

　　他們日本人到最後也是沒膽的啊，有幾個日本僑民聽見風聲，來到我家裏負荊請罪，又拿了「金一封」二十萬大圓想要安撫。呵，東港事件，千百人受牽連啊！二十萬算啥？老兄弟，我郭某某，可是他們能夠收買的？不過當然，我還是把錢收下。這筆錢，不是爲了我郭某某，是爲了要招兵買馬，血祭台灣，要血祭台灣的啊。我對天發誓，要殺盡那些日本特高！然後，我從台灣頭走到台灣尾，參加一場又一場的演講大會，是的，我是國民黨的老黨員啊，三民主義萬歲，中華民國萬歲，台灣人出頭天囉！

　　呵呵！我要報仇啦！

　　就在這個時候，杜劍英出現在我的面前。

　　我非貪財之人，只求盡雪國仇，一快也！是的，他是這樣說的。我看此人儀表堂堂，體格高大，頭戴一頂黑色禮帽，手拄枴杖，全然紳士模樣，不過講話的氣勢凜凜，呵，一條好漢，一條

呵，一條好漢，一條好漢啊！我迌位祖國轉來，幾年前參加貴州
情報隊特訓，然後加入對日青年軍，潛入上海敵區埋伏，官拜中
校。聽聞郭兄血祭台灣壯志，特來效命。求之不得，求之不得
啊！只是，卜安怎進行才好？我一槍將伊彈掉便罷！杜劍英將伊
e 手槍夯出來。我講不可莽撞啊。現此時，仲井清一即個魔頭，
已經高昇潮洲警察署長(是的，國民黨政府彼時無能力管理治安
事務，警察猶是日本人爲主)，殷聽著風聲，四箍輪轉派重兵守
備，無法度接近，不可莽撞啊。

於斯，伊道時常來阮厝裏參詳對策。

秋天夠位，遣送日本人 e 船隻已經入港。值港邊，日本僑民
原本哀愁 e 面容，出現一絲仔笑容。未使閣等，未使閣等啊啦！
我復仇之心，勝過伍子胥啊！杜劍英對我講：不入虎穴，焉得虎
子，郭兄怎嘸派壯士數名，僞裝憲兵，侵門踏戶將伊拘捕解決。
正是囉，正是囉，唉呀！我哪會無想著啊！

返是戰後 e 第一個新曆年，大街小巷攏是鑼鼓聲合弄獅迎神
e 喝咻聲。三民主義萬歲，蕃薯仔出頭天啊！我想，靴戰敗 e 日
本人，一定匿值厝裏嘸敢出來。哼敗戰之民 e 悲哀苦味，換人來
嚐[tam]啊。

「郭兄，重金禮聘 e 壯士六名，服裝車輛齊備，等兄差遣。」

「去罷！照計畫細膩行事！」

「是！」

【國聲報記者謝 XX 一月五日特稿】今晨在半屏山下竹子

好漢啊！我才從祖國回來，幾年前參加貴州情報隊特訓，然後加入對日青年軍，潛入上海敵區埋伏，官拜中校。聽聞郭兄血祭台灣壯志，特來效命。求之不得，求之不得啊！只是，要怎麼進行才好？我一槍將他打死便罷！杜劍英將他的手槍拿出來。我說不可莽撞啊。此刻，仲井清一這個魔頭，已經高昇潮洲警察署長（是的，國民黨政府那時沒能力管理治安事務，警察仍以日本人為主），他們聽到了風聲，四周圍派重兵守備，無法接近，不可莽撞啊。

於斯，他就時常來我家裏商量對策。

秋天到了，遣送日本人的船隻已經進港。在港邊，日本僑民原本哀愁的臉上，出現一絲笑容。不能再等，不能再等了啦！我復仇之心，勝過伍子胥啊！杜劍英對我說：不入虎穴，焉得虎子，郭兄怎不派壯士數名，偽裝憲兵，登堂入室將他拘捕解決。正是囉，正是囉，唉呀！我怎麼沒想到啊！

那是戰後的第一個新曆年，大街小巷都是鑼鼓聲和舞獅迎神的呼喊之聲。三民主義萬歲，蕃薯仔出頭天了！我想，那些戰敗的日本人，一定躲在家裏不敢出來。哼敗戰之民的悲哀苦味，換人來嚐了。

「郭兄，重金禮聘的壯士六名，服裝車輛齊備，等兄差遣。」

「去罷！照計畫小心行事！」

「是！」

【國聲報記者謝 XX 一月五日特稿】今晨在半屏山下竹子

門橋發現屍體一具，頭中二槍，全身彈孔，血跡斑斑，死狀悽慘。高雄州警部刻展開調查。

【國聲報記者謝XX 一月六日特稿】昨日在半屏山下竹子門橋發現之屍體一具，確認爲現任潮洲警察署長仲井清一。仲井家屬表示，昨晚有憲兵六七員執拘捕令前往仲井清一住處，曰軍部案件約談，將之拘提。仲井清一輕裝隨往，旋即失蹤。憲兵團表示，無任何案件記錄。檢警刻朝仇殺方向偵辦此案，曰僑嘩然，人心惶惶。

正是囉！你問我後來安怎收尾？呵呵，老兄弟，嘸通未記，我有「金一封」啊。此案檢察官是一個中國人，伊來夠寒舍問案。我對伊講，蔣委員長講過「以德報怨」，不過孔子嘸是安呢講e，孔子是講：「以德報德，以直報怨」。動用私刑是文明e悲哀，不過我安呢做，是替四萬萬中國人出一口氣啊，恁做未夠e，我替恁出面，你咁猶有面來見我？伊大聲應講，國有國法，未當例外，未當例外啊……於斯呢，我道將存落來e十萬箍提予伊。最後，伊道恬恬走啊。我大笑，哈哈，前恥盡雪，這是身爲蕃薯仔e光榮啊……

哼只是想未夠……(伊閣大力宕一下桌仔)想未夠誰知影，狗去，來e是豬啊！殷中國仔，是詐日本狗卡害卡粗殘啊！

經過一年，米大起價，民不聊生，官員腐敗，花天酒地。杜劍英猶是時常來揣我，只不過，阮e心肝頭，閣憂鬱起來啊！我繼續四界演講，批判時政，三民主義不存啊！咱蕃薯仔，家己要

門橋發現屍體一具，頭中二槍，全身彈孔，血跡斑斑，死狀悽慘。高雄州警部刻展開調查。

【國聲報記者謝 XX 一月六日特稿】昨日在半屏山下竹子門橋發現之屍體一具，確認為現任潮洲警察署長仲井清一。仲井家屬表示，昨晚有憲兵六七員執拘捕令前往仲井清一住處，曰軍部案件約談，將之拘提。仲井清一輕裝隨往，旋即失蹤。憲兵團表示，沒任何案件記錄。檢警刻朝仇殺方向偵辦此案，日僑嘩然，人心惶惶。

正是了！你問我後來怎麼善後？呵呵，老兄弟，別忘了，我有「金一封」啊。此案檢察官是個中國人，他來到寒舍問案。我對他說，蔣委員長講過「以德報怨」，不過孔子不是這樣講的，孔子是說：「以德報德，以直報怨」。動用私刑是文明的悲哀，不過我這麼做，是替四萬萬中國人出一口氣啊，你們做不到的，我替你們出面，你還有臉來見我嗎？他大聲回答，國有國法，不能例外，不能例外啊……於斯呢，我就將剩下的十萬塊拿給他。最後，他就靜靜地走了。我大笑，哈哈，前恥盡雪，這是身為蕃薯仔的光榮啊……

哼只是想不到……（他再大力地敲一下桌子）想不到誰知，狗去了，來的是豬啊！他們中國人，是比日本狗還要糟糕還要粗暴啊！

經過一年，米價大漲，民不聊生，官員腐敗，花天酒地。杜劍英還是時常來找我，只不過，我們的心頭，又憂鬱起來了！我

振作啊！我大聲喝喊。老兄弟，我乃堂堂知識份子，我為著國家啊！彼時陣省黨部主委李翼中講，對對對，咱國家，就是要有兄即款敢言敢擔當e人啊，陳儀政府內面是一堆畚圾官啊，郭兄，請你繼續打拚。呵呵，伊安呢講e，安呢講e啊！結果過無外久，二二八事件道爆發啊，杜劍英予彭孟緝槍殺值山頂，我被通緝，最後入獄二百工。阿黨部，李翼中彼個雙面賊頭，原來只不過是利用我而已，伊咁有替阮講過一字半句？無啦，全部是無顧情義、貪生怕死e鼠輩！

馬鹿！我一出獄，馬上宣布退出國民黨，我郭某某，此生無卜做中國人……（伊滿面憤慨）

二二八發生e時？無，我無合杜劍英做夥，彼時陣我參加一個黨部辦e農林考察團，無值高雄。若無，我早道無命去啊。伊安怎上山e我嘸知影，我干擔知影伊予彭孟緝砰死，嗚呼，一條好漢，台灣人e一條好漢啊……（伊大罵一聲，無閣講話）

訪問三：某區公所職員

杜劍英？是啊，我合伊有一面之緣，伊是澎湖人，人生得眞大漢，眞飄撇，聽講日本時代八去值大陸，做啥我道嘸知啊，聽講是加入軍隊，詳細我無清楚。我去揣伊是光復了e代誌。伊拄位大陸轉來，是日產清查室e主任，我揣伊主要是為著厝e代誌。

是，我滯值市議會後面彼片官舍靴，日本時代，足濟日本e

繼續四處演講，批判時政，三民主義不存啊！咱蕃薯仔，自己要振作啊！我大聲呼喊。老兄弟，我乃堂堂知識份子，我爲了國家啊！那時候省黨部主委李翼中說，對對對，咱國家，就是要有兄這般敢言敢擔當的人啊，陳儀政府裏頭是一堆垃圾官啊，郭兄，請你繼續打拚。呵呵，他這樣說的，這樣說的啊！結果過沒多久，二二八事件就爆發了，杜劍英被彭孟緝槍殺在山上，我被通緝，最後入獄二百天。而黨部，李翼中那個雙面賊頭，原來只不過是利用我而已，他爲我們說過一字半句嗎？沒啦，全是不顧情義、貪生怕死的鼠輩！

馬鹿！我一出獄，馬上宣布退出國民黨，我郭某某，此生不要當中國人……（他滿臉憤慨）

二二八發生時？不，我沒和杜劍英在一起，那時候我參加一個黨部辦的農林考察團，不在高雄。要不然，我早就沒命啦。他怎麼上山的我不知道，我只知道他被彭孟緝打死，嗚呼，一條好漢，台灣人的一條好漢啊……（他大罵一聲，沒再講話）

訪問三：某區公所職員

杜劍英？是啊，我和他有一面之緣，他是澎湖人，人長得很高大，風流倜儻，聽說日本時代曾到大陸去，做什麼我就不知道了，聽說是加入軍隊，詳細我不清楚。我去找他是光復後的事。他剛從大陸回來，是日產清查室的主任，我找他主要是爲了房子的事。

是，我住在市議會後面那片官舍那兒，日本時代，很多日本

官員滯值即箍笠仔。閣卡早是滯值鮎港埔 e 一間柴枋仔厝。講來話頭長，我自日本時代道值區公所吃頭路，落尾戰爭結束，日本人打輸要轉去，我 e 老長官是一個日本科長，對我未歹，問我咁卜搬入去滯，包括厝內家具伊嘛會使俗俗仔賣我，免得伊閣要處理，費氣。「道當做是我答謝你即幾年對我 e 忠心啊」，伊話中 e 意思是安呢。我真多謝伊。講起來嘛嘸驚你笑，我 e 心肝頭，感覺親像 khioh 著便宜，暗喜在心，嘸過看伊滿面悲苦，嘛無好意思表現出來(伊 e 面色反紅)。隔多春天，科長 e 船班就卜夠，伊來向我話別。伊將我 e 手握咧，目箍紅紅，講我若有機會，一定要去日本揣伊。喔，我 e 即個老長官，是一個好人啊。我再一次向伊說謝。

彼日我去碼頭邊送伊，喔，是一隻鐵殼 e 大船啊。春天 e 海水映著白雲，日本人合送別 e 台灣人之間，有一種講未清楚 e 悲緒。先生，這咁嘸是真奇怪？卜離開 e 日本人個個穿加真整齊，雖然講是敗戰之民，不過猶勉強振作精神，予人看著真感佩啊。**你要來啊，咱一定會閣見面。**船螺聲音聲聲催，伊徛值船頂對我揚手，伊是安呢講 e。我答應伊。

科長離開了後，我道取某子搬入去彼間厝滯。

結果，才搬入無二工道拄著麻煩，有一位外省軍官來夠門口，講卜接收。伊取幾個兵仔，閣取二個市政府接收委員會 e 人來，道安呢一群人將我圍起來。殷講，日產道是國產，搬入去滯，道是霸佔國產，是犯法 e，殷叫我即時出去，講殷卜接收。接收委員會 e 人閣給我威脅，講卜給我摒入去籠仔內坐。咁講是

的官員住在這一帶。更早是住在鮹港埔的一間木屋裏。說來話長，我從日本時代就在區公所就職，後來戰爭結束，日本人輸了要回去，我的老長官是一個日本科長，對我不錯，問我要不要搬進去住，包括屋內家具他也可以便宜賣我，免得他還要處理，麻煩。「就當做是我答謝你這幾年對我的忠心啊」，他話中的意思是這樣。我很謝謝他。講起來也不怕你笑，我的心頭，感覺像是撿了便宜，暗喜於心，不過看他滿臉悲苦，也不好意思表現出來（他的臉色泛紅）。隔年春天，科長的船就要到了，他來向我話別。他握著我的手，紅著眼眶，說我若有機會，一定要去日本找他。喔，我的這個老長官，是一個好人啊。我再一次向他道謝。

那日我去碼頭邊送他，喔，是一艘鐵殼大船啊。春天的海水映著白雲，日本人和送別的台灣人之間，有一種講不清楚的悲緒。先生，這可不是奇怪的嗎？要離開的日本人個個穿得很整齊，雖說是敗戰之民，不過仍勉強振作精神，讓人看得真感佩啊。**你要來啊，咱一定會再見面**。船笛的聲音聲聲催促，他站在船上對我揮手，他是這樣說的。我答應他。

科長離開後，我就帶著妻兒搬進那間屋子住。

結果，才搬進沒二天就遇上麻煩，有一位外省軍官來到門口，說要接收。他帶了幾個士兵，又帶了二個市政府接收委員會的人來，就這樣一群人將我包圍起來。他們說，日產就是國產，搬進去住，就是霸佔國產，是犯法的，他們叫我立即出去，說他們要接收。接收委員會的人又威脅我，說要把我抓進籠子裏坐牢。難道是流氓嗎？我很生氣，罵他們亂來，我說，就算那房子

流氓？我真受氣，罵殷亂來，我講，道算逐曆是日本人 e，要接收做國產，嘛要有啥物接收 e 證明，憑啥叫我晉搬出去？而且內面 e 物件攏是我家己 e，卜嘛要一寡時間予阮搬。殷提未出證明。阮起冤家，冤真久，結果彼個軍官知影講未贏我，見笑轉受氣，青打白打，道將我打倒值土腳，最後殷當然是將我趕走。阿我 e 某子是哮加靴呢悽慘啊，我有足濟物件嘛予靴兵仔提提去。

值即個時陣，有人叫我去揣杜劍英出面。我才知影，原來接收日產 e 單位有二個，一個是接收委員會，專攏外省人底控制；另外一個，道是杜劍英 e 日產清查室。你問我這二個單位有啥物無全？坦白講，我嘛嘸知。我干擔知影，外省仔一四界看著好物道講卜接收，予咱蕃薯仔真怨嗟。你若講是國產，收去咱無話講，嘸過收去總是要歸國家嘛！咁是安呢？嘸是啦，看誰接收去道是誰 e。接收？我看是劫收卡有影。阿杜劍英道時常取幾個人坐一台細台土拉庫四界巡邏，若看著有人底烏白來，道連車括人押押去倉庫。所以講，伊合靴外省仔冤仇結真重道是安呢。

彼日盈暗，我總算揣著伊，阿即個杜劍英真阿沙哩，對我講：「好，兄弟，交予我辦。我專治即款 e 外省貪官。」伊叫我放心，先轉去等消息。我嘸八看過人有靴呢堅定 e 眼神，利劍劍 e 劍光啊，予我感覺十分欽佩。落尾，我聽講伊人 chhoa⁷ 咧道去揣彼個外省仔軍官，將伊 hou³ 出去。哪會有法度？這我嘸知，總是，我真感激伊……為著卜答謝伊，我買一寡禮物送夠伊府上，嘸過伊嘸收。嗯，伊確實是一個人物，是一個人物啊……

啥物？有人講伊合官員勾結買賣清查室 e 物件？這我嘸信，

是日本人的，要接收做國產，也要有什麼接收的證明，憑啥叫我現在搬出去？而且裏頭的東西都是我自己的，要也得一些時間讓我們搬。他們提不出證明。我們就吵架了，吵很久，結果那個軍官知道講不過我，羞愧轉成生氣，胡打亂打，就將我打倒在地，最後他們當然是將我趕走了。而我的妻兒是哭得那麼地悽慘啊，我有很多東西也被那些士兵拿去了。

在這個時候，有人叫我去找杜劍英出面。我才知道，原來接收日產的單位有二個，一個是接收委員會，都是外省人在控制；另外一個，就是杜劍英的日產清查室。你問我這二個單位有什麼不同？坦白說，我也不知道。我只知道，外省人四處看見好東西就說要接收，讓咱蕃薯仔很是怨恨。你若說是國產，收去咱沒話說，不過收去總是要歸國家嘛！是這樣嗎？不是啦，看誰接收去就是誰的。接收？我看是劫收還差不多。而杜劍英就時常帶幾個人乘著一輛小卡車四處巡邏，若看見有人亂來，就連車帶人押去倉庫那兒。所以說，他和那些外省人結怨很深就是這樣。

那天晚上，我總算找到他，而這個杜劍英真乾脆，對我說：「好，兄弟，交給我辦。我專治這種外省貪官。」他叫我放心，先回去等消息。我不曾看過那麼堅定的眼神，有十足鋒利的劍氣啊，讓我感覺十分欽佩。之後，我聽說他帶著人就去找那個外省軍官，將他轟出去。怎麼有辦法？這我不知道，總歸一句，我很感激他……為了要答謝他，我買了些禮物送到他府上，不過他不收。嗯，他確實是一個人物，是一個人物啊……

什麼？有人說他和官員勾結買賣清查室的東西？這我不信，

恐驚是有人造謠中傷 e 啦，若換做別人我道卜信，伊，我嘸信。雖罔伊是半山無嘸對，不過，你講看覓咧，伊若合官員勾結，哪會死加遮慘（伊面容憂鬱）⋯⋯

是啊，是二二八，喔⋯⋯

事件拄爆發 e 時我有看著伊，值高雄中學，伊身揹武士刀指揮學生合群眾。我因爲參加區公所 e 治安隊，幾若擺看伊穿軍服，徛值一台土拉庫頂懸來來去去。呵，眞正是一個人物啊！你問我高雄中學 e 情形？喔，失禮，我確實無淸楚。

落尾我予靴阿山仔兵掠去。

我最後一擺看著伊，已經是值壽山頂。彼一工，聽講伊參幾個人上山談判，結果，彭孟緝給伊扣起來，仝一個時陣，軍隊道打落來啊。我因爲參加區公所 e 治安隊，嘛予靴兵仔押上山頂。喔，我予殷審問，值卜押入監牢 e 半途中，雄雄看著伊。烏陰霎雨，值防空壕前 e 空地，伊歸個人軟 ko^5 ko^5 嘸成人，腳脊胼插一塊牌仔，予兵仔押上卡車。喔，遐無親像伊，無親像伊啊！續落，卡車頂 e 鼓吹道陳囉！

槍決示眾啊，槍決示眾啊！

我遠遠喝伊，不過伊無應我，道值即個時陣，押我 e 兵仔用槍大力撞我 e 胸坎，我痛加頭眩目暗，道昏去⋯⋯（伊面 aN^3 低）

訪問四：聚文堂 e 頭家

你問我杜阿叔 e 代誌⋯⋯（伊滿面悲傷，用手抔目屎）失禮，

恐怕是有人造謠中傷的啦，如果換成別人我就信，他，我不信。雖說他是半山沒錯，不過，你說看看，他若和官員勾結，怎麼會死得這麼慘(他面容憂鬱)……

是啊，是二二八，喔……

事件剛爆發時我有看見他，在高雄中學，他身揹武士刀指揮學生和群眾。我因為參加區公所的治安隊，幾次看他穿軍服，站在一輛卡車上來來去去。呵，真正是一個人物啊！你問我高雄中學的情形？喔，失禮，我確實不清楚。

之後我被那些阿山兵抓去了。

我最後一次看見他，已經是在壽山頂。那天，聽說他和幾個人上山談判，結果，彭孟緝把他扣起來，同時間，軍隊就打下來了。我因為參加區公所的治安隊，也被那些士兵押上山頂。喔，我被他們審問，在要押進牢房的半途中，突然看見他。陰沉的天色飄著細雨，在防空壕前的空地，他整個人軟趴趴不成人樣，背上插了一塊牌子，被士兵押上卡車。喔，那不像是他，不像是他啊！接著，卡車上的喇叭聲就響了！

槍決示眾啊，槍決示眾啊！

我遠遠喊他，不過他沒答我，就在這個時候，押我的士兵用槍猛力擊我的胸部，我痛得頭眩目暗，就昏倒了……(他掩低著臉)

訪問四：聚文堂的頭家

你問我杜阿叔的事……(他滿面悲傷，用手拭淚)失禮，先

先生，我是想起我e老爸，伊嘛死值二二八，唉……

我e老爸叫做王屏水，日本時代八綴阮阿公去夠中國。我想，殷合杜阿叔是彼時陣熟識e。去中國創啥？這我嘸知，不過，我細漢e時，八無意中值衫櫥內看著二張相片，一張是孫中山e，另外一張是蔣介石e，相片頂頭閣有殷e簽名宕印仔。彼時陣值日本時代，我嘸知影遐是誰，道提相片去問阮老爸，結果予伊罵加半小死。是秘密，是一個我永遠無瞭解e秘密啊！

你講e對，確實，我有抗日e家世。阮嘛是澎湖人。我e阿公叫做王豐，伊少年時來夠高雄，值橋仔頭e製糖所學著鐵工技術，出師了後道值台灣鐵工所吃頭路。呃，阮阿公，好定你是八e。昭和三年，伊召集高雄地區e鐵工五百人組工會，做會長爭取工權，日本人足嗟[chheh]伊，道將伊開除，結果歸個工會發動罷工，代誌鬧眞大。你知否，台灣有史以來e工會罷工，這是頭一層啊！阮阿公對日本人眞不滿，伊不准阮值厝講日本話，若予聽著要罰跪。我相信阮e性地一定是受伊影響無嘸對。

先生你看覓仔咧，這是阮老爸少年時仔e相片，生著眞斯文乎？伊是讀冊人，眞有才情，雖罔伊有時對阮兄弟仔眞嚴，嘸過阮攏眞尊敬伊。而且伊腹腸眞闊，有正義感，厝邊隔壁呵咾有著。戰爭e時陣，未少人拜託伊替殷寫批去南洋，伊嘸八拒絕。阮老爸e朋友、人客眞濟，一日夠暗值阮兜來來去去。

是，我細漢e時滯值港町，阮老爸八讀過漢學仔，獎寫毛筆字，所以值港町開一間刻印仔店聚文堂。伊代客寫字，刻印，嘛印名誌、賣文具。伊是一個獎經營e人啊，生理愈做愈大，無出

生，我是想起我的老爸，他也死在二二八，唉……

　　我的老爸叫做王屏水，日本時代曾跟著我阿公去到中國。我想，他們和杜阿叔是那時候熟識的。去中國做什麼？這我不知道，不過，我小的時候，曾無意中在衣櫥裏看見二張相片，一張是孫中山的，另外一張是蔣介石的，相片上還有他們的簽名蓋章。那時候在日本時代，我不知道那是誰，就拿相片去問我老爸，結果被他罵得半死。是秘密，是一個我永遠不瞭解的秘密啊！

　　你講的對，確實，我有抗日的家世。我們也是澎湖人。我的阿公叫做王豐，他年少來到高雄，在橋頭的製糖所學會鐵工技術，師成後就在台灣鐵工所就職。呃，我阿公，或許你是知道的。昭和三年，他召集高雄地區的鐵工五百人組工會，當會長爭取工權，日本人很討厭他，就將他開除，結果整個工會發動罷工，事情鬧很大。你知道嗎，台灣有史以來的工會罷工，這是頭一遭啊！我阿公對日本人很不滿，他不准我們在家講日本話，若被他聽見要罰跪。我相信我的個性一定是受他影響沒錯。

　　先生你看看吧，這是我老爸年輕時的相片，長得很斯文吧？他是讀書人，很有才情，雖說他有時對待我們兄弟嚴格，不過我們都很尊敬他。而且他寬宏大量，有正義感，隔壁鄰居都稱讚他。戰爭的時候，不少人拜託他代他們寫信去南洋，他不曾拒絕。我老爸的朋友、客人很多，一天到晚在我家來來往往。

　　是，我小時住在港町，我老爸曾讀過漢學，很會寫毛筆字，所以在港町開一間刻印店聚文堂。他代客寫字，刻印，也印名

幾年，聚文堂道發展成為高雄州規模尙大e一間名誌印刷所。我
若有閒e時會鬥顧店，有時會值印刷房鬥腳手。阿我頭一次見著
杜阿叔，是值戰爭結束，日本投降e隔多。彼時陣，我只是一個
十出頭歲e囝仔。杜阿叔穿插紳士，白西裝，烏皮鞋，一頂絨布
e禮帽，來值阮店門口，阮老厝邊有一個過去時常值高雄館看電
影e好額人查某子來買物件，扶好嘛值阮店裏，她細聲給我講，
即個人看著足像亂世佳人彼齣電影內面e男主角，眞緣投。所
以，自我第一擺看著伊，對伊e印象道眞深。另外嘛有人看伊穿
安呢，講伊是阿山，結果嘸是。我落尾知影，伊是為著卜辦報紙
來揣阮老爸e。

　　官員枉法，上下貪污，台人四處遭排擠欺壓，失望日深，弟
望辦報為民喉舌。我捧茶出來e時，聽著伊大約是安呢講e。革
命尙未成功啊。伊將絨布e禮帽囥值桌頂，飲一嘴茶，伊e目頭
結結，雄雄，遂變成歷盡風霜e面。我想伊是一個做大事業e人
啊！

　　果然，一個月後，伊e自由新報道出刊咯，阮e店是報紙e
印刷所兼事務所，阿我，有時會鬥相共排版e空缺。

　　碑仔頭市場國軍白晝搶魚商卓乞食現款六百　無法無天
　我是接收委員　要什麼票？竟以手槍威脅驗票員

　　「你看覓咧，即款代誌，逐工都來，傷無站節啊，咱蕃薯
仔，連鞭要立志覺醒啊！」先生，我是時常聽見杜阿叔安呢講

片、賣文具。他是一個懂得經營的人啊，生意愈做愈大，不出幾年，聚文堂就發展成為高雄州規模最大的一家名片印刷所。我若有空時會幫著看店，有時會在印刷房幫忙。而我頭一次看見杜阿叔，是在戰爭結束，日本投降的隔年。那時候，我只是一個十出頭歲的孩子。杜阿叔穿著紳士，白西裝，黑皮鞋，一頂絨布的禮帽，來到我們店門口，我們老鄰居有一個過去時常在高雄館看電影的有錢人女兒來買東西，正好也在我們店裏，她小聲告訴我，這個人看起來很像亂世佳人那齣電影裏的男主角，很英俊。所以，從我第一次看見他，對他的印象就很深。另外也有人看他穿這樣，說他是阿山，結果不是。我之後知道，他是為了要辦報紙來找我老爸的。

官員枉法，上下貪污，台人四處遭排擠欺壓，失望日深，弟望辦報為民喉舌。我端茶出來時，聽見他大約是這麼說的。革命尚未成功啊。他將絨布的禮帽放在桌上，喝一口茶，他的眉目深鎖，突然，竟變成了歷盡風霜的臉。我想他是一個做大事業的人啊！

果然，一個月後，他的自由新報就出刊了，我們的店是報紙的印刷所兼事務所，而我，有時幫忙排版的事。

碑仔頭市場國軍白晝搶魚商卓乞食現款六百　無法無天
我是接收委員　要什麼票？竟以手槍威脅驗票員

「你看看，這種事，每天都來，太沒分寸了，咱蕃薯仔，立

e，要有台灣人 e 地位啊！要立志啊！雖然我嘸八啥物是台灣人 e 地位，不過，卻是普普仔知影立志即件代誌 e，因爲我嘛是有讀書 e 人……只是，唉呀，你講，是安怎代誌會變即款，是安怎，是安怎……（伊 e 目箍閣紅起來）

幾個月後，報紙出現即條新聞：

號外！台北大稻埕緝烟員藉口緝烟洗劫毆傷烟販林氏歐巴桑
不堪民衆理論惱羞成怒開槍　可憐陳文溪中彈槍下一條冤魂

是啊，你嘛知影，二二八爆發咯。

隔日盈暗，杜阿叔來夠事務所，有一位過去捷捷來揣阮老爸 e 國民黨市黨部秘書隨後嘛夠位。

殷慣習入來印刷房講話，因爲有轟轟叫 e 機械聲，外面 e 人聽卡未清楚。

「杜兄，聽講台北民衆幾千人，透早遊行去夠公署抗議，代誌鬧眞大？」彼位先生安呢開嘴。

「是，我有聽講。」

「那麼[nah-mou]，這應該道是咱偃倒陳豬 e 機會咯！」自稱黨部秘書 e 人安呢講，伊故意將聲調放低，激加眞神秘。

「哼哼！」

杜阿叔提出伊噴沙 e 烏色薰斗，慢慢將薰草添滿，將薰點灼。伊吐一嘴薰烟，烟霧後面是冷如寒星 e 二蕾目睭。「哼哼！秘書先生，你咁眞正是安呢想 e？」

刻要立志覺醒啊！」先生，我是時常聽見杜阿叔這樣講的，要有
台灣人的地位啊！要立志啊！雖然我不懂什麼是台灣人的地位，
不過，卻是稍稍地知道立志這件事的，因爲我也是有讀書的
人⋯⋯只是，唉呀，你說，爲什麼事情會變這樣，爲什麼，爲什
麼⋯⋯（他的眼眶又紅起來）

　　幾個月後，報紙出現這條新聞：

號外！台北大稻埕緝烟員藉口緝烟洗劫毆傷烟販林氏歐巴桑
不堪民衆理論惱羞成怒開槍　可憐陳文溪中彈槍下一條冤魂

　　是的，你也知道，二二八爆發了。

　　隔天晚上，杜阿叔來到事務所，有一位過去時常來找我老爸
的國民黨市黨部秘書隨後也到了。

　　他們習慣進印刷房講話，因爲有轟轟的機械聲，外面的人比
較聽不淸楚。

　　「杜兄，聽說台北民衆幾千人，一大早遊行到公署抗議，事
情鬧很大？」那位先生這樣開口。

　　「是，我有聽說。」

　　「那麼，這應該就是咱推倒陳豬的機會了！」自稱黨部秘書的
人這樣說，他故意將聲調放低，裝得很神秘。

　　「哼哼！」

　　杜阿叔拿出他噴沙的黑色菸斗，慢慢將菸草添滿，將菸點
著。他吐一口烟，烟霧後面是冷如寒星的一雙眼睛。「哼哼！秘

「呃，這當然啊，當然啊！」

「若安呢，秘書先生認為黨部會做何打算？願聞其詳。」

「這……」秘書先生躊躇咯，伊用手 thuh 一下伊 e 烏框目鏡。

「我想你應該眞淸楚才對，唉，聽講台北 e 處理委員會卜成立啊，我對黨部 e 如意算盤亦小知一二。」杜阿叔繼續講：「表面上，是卜徛值民衆即爿，實際上呢，是利用民衆 e 力量來鬥陳豬，鬥看會倒否；陳豬會倒尙好，若鬥未倒，才緊合主戰 e 一派劃淸界線，道講是替政府出面安搭民衆，功在平亂，嘛未有敗害……秘書先生，你講，恁 e 算盤，咁是安呢 tiak e 啦？哈哈！」

阮老爸親像聽出啥物，連連點[tam³]頭。

我猶會記，即個時陣 e 秘書先生，面綠落去。伊 thi-thi-thuh-thuh：「杜兄，這……你 e 消息……啊，咁講 CC e 人已經……或者是……」

杜阿叔講：「是又閣安怎？總講一句，你應該是未出賣阮才對啦乎？」（先生，我講 e 是坦白話，秘書先生一個面青筍筍，歸身軀疲疲搖，我嘸八看過遮呢軟稚 e 人啊。）

罷了罷了罷了。杜阿叔揚一下手：「照我 e 看法，只有戰鬥合投降二條路啦！」杜阿叔是安呢講 e。台灣人要有武裝，才會有未來啦！我看其他，嘿嘿，攏是假 e 啦！秘書先生，安呢啦，嘸知你咁會使支援步槍一百枝，槍籽二萬發？

市黨部秘書直直搖頭，我哪會有槍，我哪會有槍籽？杜兄，

書先生，你真的這麼想嗎？」

「呃，這當然啊，當然啊！」

「若這樣，秘書先生認為黨部會做何打算？願聞其詳。」

「這……」秘書先生猶豫了，他用手推一下他的黑框眼鏡。

「我想你應該很清楚才對，唉，聽說台北的處理委員會要成立了，我對黨部的如意算盤亦略知一二。」杜阿叔繼續說：「表面上，是要站在民眾這邊，實際上呢，是利用民眾的力量來鬥陳豬，鬥看會不會倒；陳豬會倒最好，若鬥不倒，才趕快和主戰的一派劃清界線，就說是替政府出面安撫民眾，功在平亂，也不會有損傷……秘書先生，你說，你們的算盤，是這樣打的吧？哈哈！」

我老爸像是聽出什麼，連連點頭。

我還記得，這個時候的秘書先生，臉綠了。他支支吾吾：「杜兄，這……你的消息……啊，難道 CC 的人已經……或者是……」

杜阿叔說：「是又怎樣？總說一句，你應該是不會出賣我們才對吧？」（先生，我說的是坦白話，秘書先生臉色鐵青，全身發抖，我不曾看過這麼軟弱的人啊。）

罷了罷了罷了。杜阿叔揮一下手：「照我的看法，只有戰鬥和投降二條路啦！」杜阿叔是這樣說的。台灣人要有武裝，才會有未來啦！我看其他，嘿嘿，都是假的啦！秘書先生，這樣啦，不知你可否支援步槍一百支，子彈二萬發？

市黨部秘書直搖頭，我哪會有槍，我哪會有子彈？杜兄，你

你要三思啊！

「哼，假仙假怪！」秘書先生走了，杜阿叔幹頭給阮阿爸講，陳儀嘸是簡單人物，其中可能有計，好定連殷黨部 e 人攏會中計。伊含一嘴薰斗講細膩是本，最好台灣人要家己覺醒，組織起來，咱看太濟咧，攏真清楚阿山仔 e 奸詐合粗殘，「最好，要有武力，要有家己 e 武力才會使！」伊閣給阮阿爸講：「總講一句，王兄，你要細膩才好。」

阮老爸點一個頭：「是啊！我知。是講，杜兄你 e 消息，是……」

「哈哈！我哪有啥物消息？我是用臆 e 啦！殷黨部內面即馬攏是啥物腳數咱嘸是嘸知，而且許德輝你知否？彼個軍統 e 小角色，叫人傳話予我，卜策動暴動，講已經派腳手落來，叫我值高雄接應！哼！伊掠準我嘸知影伊 e 身分，殷卜趁即攏機會將台灣人一網打盡……」

「啊！杜兄……」

「你鎮靜，要保守秘密，我打算將計就計，利用殷 e 力量予靴阿山好看！」

彼時，高雄 e 街仔路猶是平靜 e。半暝，我看見阮老爸一個人徛值亭仔腳吐大氣。唉，路邊 e 鳳凰樹頂，夜暗 e 寒蟬哀啼。「尚好是莫亂起來，尚好是莫亂起來啊！」我是聽見阮老爸安呢躉躉唸 e。

閣過二三工 e 盈暗，警察局長 e 烏頭仔車值阮厝附近 e 一間酒家門口予人燒去，紅紅 e 火焰衝夠半天懸。是二二八 e 火，燒

要三思啊！

「哼，假仙假怪！」秘書先生走了，杜阿叔轉頭對我阿爸說，陳儀不是簡單人物，其中可能有計，或許連他們黨部的人都會中計。他含一口菸斗說小心為本，最好台灣人要自己覺醒，組織起來，咱看太多了，都很清楚阿山的奸詐和粗暴，「最好，要有武力，要有自己的武力才可以！」他又對我阿爸說：「總說一句，王兄，你要小心才好。」

我老爸點一個頭：「是啊！我知道。只是，杜兄你的消息，是……」

「哈哈！我哪有什麼消息？我是用猜的啦！他們黨部裏現在都是什麼角色咱不是不知道，而且許德輝你知道嗎？那個軍統的小角色，叫人傳話給我，要策動暴動，說已經派人馬下來，叫我在高雄接應！哼！他以為我不知道他的身分，他們要趁這次機會將台灣人一網打盡……」

「啊！杜兄……」

「你鎮靜，要保守秘密，我打算將計就計，利用他們的力量讓那些阿山好看！」

那時，高雄的街道還是平靜的。半夜，我看見我老爸一個人站在門庭嘆氣。唉，路邊的鳳凰樹上，夜晚的寒蟬哀啼。「最好是別亂起來，最好是別亂起來啊！」我聽見我老爸這麼說著。

再過二三天的晚上，警察局長的黑頭車在我家附近的一間酒家門口被人燒掉，紅紅的火焰衝到半天高。是二二八的火，燒向高雄來咯。有一些人走上街頭，叮叮咚咚敲鑼打鼓，他們大聲喝

位高雄來咯。有一寡人行上街仔路，叮叮咚咚敲鑼打鼓，殷大聲喝喊：「廢除專賣」「槍決元兇」「台灣人團結起來」「豬官槍交出來」「趕走阿山」。是啊，先生，我嘛感受著遮喊喝之中 e 憤怒咯。我想卜出去看鬧熱，嘸過阮阿爸將我擋咧，伊講：「危險，未使！」市區出現槍聲，過無外久，la-ji-ou 道放送學校停課 e 消息。我知影，代誌已經無全款啊。安呢，夜暗暝 e 槍聲，道值高雄市區 thoaN³ 開。

　　隔工透早，有人提一張通知單來，叫阮老爸去市政府開會，講是處理委員會。我給阮老爸講，我綴你去，嘸過伊不准。伊講莫出門，留值厝門顧店。結果，等候伊離開，我道家己偷偷仔踏腳踏車去夠學校。是，彼時陣我是雄中 e 一年學生。三月初幾 e 代誌？失禮，我記未清咯！我干擔會記真濟人攏走出來啊，聚集值大路口，樹仔腳，廟埕，閣有人穿卡早 e 日本軍服行來行去。「解除武裝」「阿山退出高雄」「解除武裝」「阿山退出高雄」，三塊厝 e 三鳳宮太子爺廟廟埕，有一大群人安呢喝喊。

　　我來夠雄中門口 e 時，看見未少學長合同窗，嘛有其他學校 e 人。遮無像外面靴呢吵鬧，真有規矩組織，大部分 e 學生攏恬恬底準備物件，干那是為著後一場 e 大戰鬥底準備，氣氛真緊張。

　　道值即個時陣，杜阿叔出現在我 e 面前。伊穿一軀畢桑 e 草綠色軍服，坐一台小卡車來夠校門口。

　　伊跳落來，叫人將車頂一箱一箱 e 物件搬入去。

　　「阿叔！」我給喝。

喊：「廢除專賣」「槍決元兇」「台灣人團結起來」「豬官槍交出來」
「趕走阿山」。是啊，先生，我也感受到那喊喝之中的憤怒了。我
想要出去看熱鬧，不過我阿爸擋著我，他說：「危險，不行！」市
區出現槍聲，過沒多久，收音機就播放學校停課的消息。我知
道，事情已經不同了。這樣，夜晚的槍聲，就在高雄市區蔓延開
了。

　　隔天清晨，有人拿一張通知單來，叫我老爸去市政府開會，
說是處理委員會。我告訴我老爸說，我跟你去，不過他不准。他
說別出門，留在家幫忙看店。結果，等他離開，我就自己偷偷騎
腳踏車去到學校。是，那時候我是雄中的一年級生。三月初幾的
事？失禮，我記不清了！我只記得很多人都跑出來了，聚集在大
馬路上，樹下，廟埕，還有人穿以前的日本軍服走來走去。「解
除武裝」「阿山退出高雄」「解除武裝」「阿山退出高雄」，三塊厝的
三鳳宮太子爺廟廟埕，有一大群人這樣呼喊。

　　我來到雄中門口時，看見不少學長和同窗，也有其他學校的
人。這裏不像外頭那麼吵鬧，很有規矩組織，大部分的學生都靜
靜地準備東西，彷彿是爲了下一場的大戰鬥在準備，氣氛很緊
張。

　　就在這個時候，杜阿叔出現在我的面前。他穿一身筆挺的草
綠色軍服，坐一輛小卡車來到校門口。

　　他跳下來，叫人將車上一箱一箱的東西搬進去。

　　「阿叔！」我喊他。

　　「呃……業仔，你來這裏做什麼？」

「呃……業仔，你來遮創啥？」

「我來看覓咧！」

「危險，緊轉去。恁老爸咧？哪會予你出門？」

「伊去市政府開會。」

「嘸好！業仔，你緊轉去，給恁老爸講，我接著情報，市長 e 話未信得，叫伊緊走！」

結果，先生，這竟然道是我最後一次看著杜阿叔咯。

彼工我值市政府揣著阮老爸，將杜阿叔 e 話講予聽，嘸過阮老爸只是吐一個大氣，搖頭。我看會出來，伊對整個代誌是失望咯。「唉！恁杜阿叔猶無夠瞭解阿山。市長不過是傀儡［加禮］尪仔啦，會使安怎？」伊是安呢對我講 e。

「業仔，你要知，千萬未使出去亂來。即馬尚要緊 e 是停止流血，你知否？」

結果第二工，阮老爸親像無將杜阿叔 e 話當做一回事，猶原是一透早道去市政府開會。

不過即擺，伊是無閣轉來啊。阿山仔兵衝入市政府，將伊打死值槍下。阮去收屍 e 時，伊 e 皮帶、手錶、皮鞋……歸身軀 e 物件攏已經予人扒了了。

我咁是認為杜阿叔卡瞭解阿山？先生，這咁有差別？阮老爸死 e 彼一日，道是杜阿叔合市長上山談判 e 彼一日，亦道是杜阿叔予彭孟緝逮捕槍殺 e 彼一日啊！

唉，瞭解合無瞭解，咁真正有啥物差別……（伊瞌目）

「我來看看！」

「危險，快回去。你老爸咧？怎麼讓你出門？」

「他去市政府開會。」

「不好！業仔，你快回去，告訴你爸，我接到情報，市長的話不能信，叫他快走！」

結果，先生，這竟然就是我最後一次看見杜阿叔咯。

那天我在市政府找到我老爸，將杜阿叔的話告訴他，不過我老爸只是大大嘆口氣，搖頭。我看得出來，他對整件事是失望了。「唉！你杜阿叔還不夠瞭解阿山。市長不過是傀儡啦，能怎樣？」他是這麼對我說的。

「業仔，你要知道，千萬不能出去亂來。此刻最要緊的是停止流血，你知道嗎？」

結果第二天，我老爸像是沒將杜阿叔的話當做一回事，還是一大清早就去市政府開會。

不過這次，他是沒再回來了。阿山兵衝入市政府，將他打死在槍下。我們去收屍時，他的皮帶、手錶、皮鞋……全身的東西都已經被人扒光了。

我是不是認為杜阿叔比較瞭解阿山？先生，這有差別嗎？我老爸死的那一天，就是杜阿叔和市長上山談判的那一天，也就是杜阿叔被彭孟緝逮捕槍殺的那一天啊！

唉，瞭解和不瞭解，真有什麼差別嗎……（他閉上眼睛）

訪問五：南洋老戰士

你問我杜劍英？喔！我無未記。我所想著 e，道是彼一場 e 戰鬥，啊！彼一場光榮閣悲慘 e 戰鬥啊！遐是戰爭結束 e 第三年，也道是阮位南洋海南島轉來 e 第二年，是 1947，確實是 1947，真想未夠有一日，阮竟然會再一次穿著阮彼軀日本海軍 e 軍服來對付祖國 e 軍隊啊！喔，阮日思夜夢 e 故鄉啊……（伊雙手交叉，目睭瞌起來。）

是啊！值海南島 e 日子是靴呢仔悽慘。戰爭結束啊，日本軍隊撤退，阮幾千個台灣兵留守值島南 e 集中營，等候祖國政府 e 船隻來接。遐是日頭直照 e 所在，值赤艷 e 日頭下，山崙草木全是白死殺一片。阮 e 糧食無夠，隊員一日仔一日消瘦落肉。已經整整十個月，祖國 e 船隻一直無聲無說，尚悲慘 e 閣有麻拉痢仔無情 e 傳染病，thoaN³ 開咯。每一日攏有隊員代著，便一代著道是吐合漏，歸身軀虛脫失水，無一目睭，道吐加出血。每一日攏有隊員值絕望中死去。唉！道是安呢，道是安呢啦，一日過一日，阮值心肝頭喝喊：祖國咧？祖國咧？阮安呢想，恐驚阮是難免要死值異鄉 e 啦！嘸願啊！

阮是值 1946 年 e 七月份轉來台灣 e，是阮其中二百五十個隊員 kheng⁵ 錢租漁船仔轉來 e。道值船卜離碇 e 彼一刻，濟濟留落來無法度走 e 隊員，徛在海南島 e 岸頂向阮揚手：「要會記啊，給政府講來給阮載，阮值遮等恁 e 消息，要會記啊！」唉！不過，這是永遠 e 離別囉。夠旦，我有時半暝仔醒過來，閣會想

訪問五：南洋老戰士

你問我杜劍英？喔！我沒忘記。我所想到的，就是那一場戰鬥，啊！那一場光榮又悲慘的戰鬥啊！那是戰爭結束的第三年，也就是我們從南洋海南島回來的第二年，是 1947，確實是1947，真想不到有一日，我們竟會再一次穿著我們那身日本海軍的軍服來對付祖國的軍隊啊！喔，我們朝思暮想的故鄉啊……（他雙手交叉，眼睛闔起來。）

是啊！在海南島的日子是那麼悽慘。戰爭結束了，日本軍隊撤退，我們幾千個台灣兵留守在島南的集中營，等候祖國政府的船隻來接。那是陽光直射之地，在烈艷的陽光下，山崙草木全是慘白一片。我們的糧食不夠，隊員一天一天消瘦下去。已經整整十個月，祖國的船隻一直沒消息，最悲慘的還有麻拉痢仔無情的傳染病，蔓延開了。每天都有隊員染上，若一染上就是上吐下瀉，全身虛脫失水，沒一轉眼，就吐到出血。每天都有隊員在絕望中死去。唉！就是這樣，就是這樣啦，一日又一日，我們在心頭喝喊：祖國呢？祖國呢？我們這麼想，恐怕我們是不免要死在異鄉的吧！真不甘心啊！

我們是在 1946 年的七月份回來台灣的，是我們其中二百五十個隊員湊錢租漁船回來的。就在船要離岸的那一刻，許多留下來無法離開的隊員，站在海南島的岸上向我們揮手：「要記得啊，跟政府說來載我們，我們在這兒等你們的消息，要記得啊！」唉！不過，這是永遠的離別了。到現在，我有時半夜醒過

起殷失去青春 e 面容，喔，是阮對不起殷啊！雖罔阮一轉來夠台
灣，道向政府當局報告海南島 e 情形，不過，嗚呼，竟然無人睬
阮，甚至殷是遮呢仔貪污腐敗糟蹋人，阮想未夠，想未夠啊！是
安怎阮無歸氣戰死值南洋戰場啊！轉來 e 時，有一個軍官閣值阮
e 面前罵阮是日本走狗。

　　唉！我早道知影，台灣人眞不滿，一定會出大代誌。

　　無外久二二八道發生。是阿永仔走來揣我 e，伊講：「行，
即擺來合殷拚一個輸贏！」唉！想起來阿永仔是可憐啦！伊是合
我坐全隻船轉來 e 老戰友，彼時我知影有一個查某囝仔底等伊，
伊講轉來台灣道卜給娶做某。伊講加嘴笑目笑，不過落尾轉來夠
台灣，伊某娶無成，眞失志。卜怪道怪時勢啦。是 1946 年八月
份 e 代誌，伊去提親，殷無緣 e 丈人爸給伊講，要六隻雞合六斗
米縮定。伊想講簡單，一嘴道答應。你知影阮拄位南洋轉來 e，
哪有啥物錢，閣何況晉前儉落來 e 攏付船費去啊，會使講是一箍
人溜溜啦，不過若講卜閣來趁、來儉，六隻雞合六斗米哪會是大
問題？誰知影米價、菜價直直起上天，伊若儉一角，物件道起一
箍，一日三市，道安呢，縮定 e 日子夠位，伊 kheng⁵ 無錢通買
聘禮，婚約只好取消去。伊感覺眞見笑，差一塊仔卜跳港自殺，
是我有嘴講加無瀾給揪牢咧，伊才死無去 e。當然伊 e 心內眞怨
嘆。所以，當伊講卜合殷拚一個生死，我一嘴道贊成。橫直我嘛
是無某無猴，既然值南洋死無去，合殷死拚嘛卡贏予殷中國仔糟
蹋死。

　　阮先是去值三鳳宮頭前參加民衆 e 聚集。講聚集，其實是一

來，還會想起他們失去青春的臉，喔，是我們對不起他們啊！雖然我們一回來台灣，就向政府當局報告海南島的情形，不過，嗚呼，竟然沒人理會我們，甚至他們是這麼貪污腐敗糟蹋人，我們想不到，想不到啊！爲什麼我們不乾脆戰死在南洋戰場啊！回來的時候，有一個軍官還在我們的面前罵我們是日本走狗。

唉！我早就知道，台灣人很不滿，一定要出大事。

沒多久二二八就發生。是阿永仔跑來找我的，他說：「走，這次來和他們拚一個輸贏！」唉！想起來阿永仔是可憐啦！他是和我坐同艘船回來的老戰友，那時我知道有一個女孩子在等他，他說回來台灣就要娶她爲妻。他說得眉開眼笑，不過之後回到台灣，他妻沒娶成，很喪志。要怪就怪時勢啦。是 1946 年八月份的事，他去提親，他沒緣的丈人告訴他，要六隻雞和六斗米下聘。他想說簡單，一口就答應。你知道我們剛從南洋回來的，哪有什麼錢，更何況之前省下來的都付船費去了，可說是光棍一個啦，不過若說要再來賺、來節省，六隻雞和六斗米哪會是大問題？誰知道米價、菜價一直漲上天去，他若節省一角，東西就漲一塊，一日三市，就這樣，訂婚的日子來到了，他湊不足錢來買聘禮，婚約只好取消。他感覺很丟臉，差一點要跳港自殺，是我好說歹說把他拉住，他才沒死成的。當然他的心裏很怨。所以，當他說要和他們拚個生死，我一口就贊成。反正我也是光棍一個，既然在南洋沒死，和他們死拚也勝過被他們中國仔糟蹋死。

我們先是去到了三鳳宮前參加民眾的聚集。說聚集，其實是一場宣戰大會，各路人馬都到了，而我們南洋回來的，都穿起軍

場宣戰大會，各路人馬齊夠，阿阮南洋轉來 e，攏穿起軍服。值
彼個時陣，杜司令威風凜凜，徛值廟前 e 石階頂：

蕃薯仔團結反抗啊！生靈塗炭啊！
打倒阿山！打倒中國仔！
拚落啊！拚落啊！

道安呢，青年反抗軍成立咯。先生，你問我軍容？唉！阮是
受過日本軍事訓練 e，不過，猶有其他三教九流 e 人士……濟濟
是烏合之眾啦！（伊吐一個大氣。）總是自古英雄惜英雄，杜劍英
果然是一個將才啊，伊將民眾編做幾個戰鬥隊合補給隊，其中一
隊由阮負責，我是小隊長，阿永仔是副小隊長，阮所 chhoa⁷ 領
e，攏是卡早 e 日本兵，總共八九個。杜司令予阮 e 任務是打開
封鎖 e 衝鋒隊，主要是合高雄本地以及台南來 e 學生軍聯合衝鋒
戰鬥。

日頭退去，毛毛 e 小雨落值阮喝喊扭曲 e 面容，是，阮是轉
去夠南洋異鄉有椰子樹影 e 烏暗戰場咯！衝啊！達達達！衝啊！
暗暝夠位，攻擊發起，阮 e 部隊親像秋風掃葉，將市區大細警察
局合派出所包圍起來。投降啊！殷一見阮，道棄守逃向壽山要
塞，阮順利接收警察槍枝，隔日續落去圍攻三塊厝鐵路邊 e 守備
隊。唉！中國兵真是蝦米啊！阮一將殷包圍，才無外久，殷無啥
抵抗道打開後尾門，坐值卡車 soan 溜咯。

阮清查所有接收 e 武器，暫時退值高雄中學安營整兵。

服。在那時候，杜司令威風凜凜，站在廟前的石階頂：

蕃薯仔團結反抗啊！生靈塗炭啊！
打倒阿山！打倒中國仔！
拚落啊！拚落啊！

就這樣，青年反抗軍成立咯。先生，你問我軍容嗎？唉！我們是受過日本軍事訓練的，不過，還有其他三教九流的人士……很多是烏合之眾吧！（他大大嘆口氣。）總是自古英雄惜英雄，杜劍英果然是個將才啊，他將民眾編成幾個戰鬥隊和補給隊，其中一隊由我們負責，我是小隊長，阿永是副小隊長，我們所帶領的，都是以前的日本兵，總共八九個。杜司令給我們的任務是打開封鎖的衝鋒隊，主要得和高雄本地以及台南來的學生軍聯合衝鋒戰鬥。

陽光退去，毛毛細雨落在我們喝喊扭曲的臉，是，我們是回到南洋異鄉有椰子樹影的黑暗戰場咯！衝啊！達達達！衝啊！夜晚來到，攻擊發起，我們的部隊像是秋風掃落葉，將市區大小警察局和派出所包圍起來。投降啊！他們一見我們，就棄守逃向壽山要塞，我們順利接收警察槍枝，隔天接著圍攻三塊厝鐵路邊的守備隊。唉！中國兵真是蝦米啊！我們一將他們包圍，才沒多久，他們沒什麼抵抗就打開後門，坐上卡車溜了。

我們清查所有接收的武器，暫時退在高雄中學安營整兵。

杜兄！想不到，中國士兵竟是紙糊的啊，我想明天，咱就直

杜兄！想未夠，中國兵仔竟是紙糊 e 啊，我想明仔載，咱道直取火車站合市政府頭前 e 憲兵隊，續落攻下 105 彈藥庫，免三二日，壽山賊寨道是咱 e 掌中肉。咱台灣人道卜出頭天囉。

先生，彼時 e 杜司令是外呢有豪氣啊！伊講是，夠時咱高雄道是台灣人 e 大基地，一切卜位遮開始，位咱遮開始啊！哈哈！伊大笑幾聲。嘸拘過一下久，伊 e 目頭道閣結起來：總是，輕鬆夠手 e 勝利難免會予人猜疑。伊講，台北 e 處委會已經成立，彼班貪生怕死 e 仕紳，無瞭解中國人 e 胃脾，我恐驚其中有詐，殷會予殷利用去。唉！咱台灣人要團結才有救啊！伊深深吐一嘴大氣。

先生，杜司令確實是深謀遠慮 e 將才啊！伊最後 e 話竟是實現囉。咁講這道是咱台灣人 e 命運？咁講這道是啊？

續落來 e 二日，阮合學生軍分頭進攻火車站合市政府頭前 e 憲兵隊，對方有機槍，火力真強，阮直直攻未落來，而且有幾個人戰死。阮只好閣退守轉來值高雄中學。阮開始煩惱，假使一直攻未落來，恐驚對方 e 聲勢會愈大。嘸知誰去詮燒酒來，阮竟是哀嘆圍坐值樹腳啜[sip]起來咯。

總司令，何不考慮直搗黃龍呢？

講話 e 是一個台灣人警察王氏，伊本底值警察局服務，幾日前阮攻入警察局 e 時，伊加入阮 e 陣營。伊所講 e 直搗黃龍道是叫杜司令直接攻上壽山賊寨。

不可輕舉妄動，目前咱連憲兵隊都攻未落，若直攻壽山，難免赴死。

取火車站和市政府前的憲兵隊，接著攻下 105 彈藥庫，不用三二日，壽山賊寨就是咱的掌中肉。咱台灣人就要出頭天了。

先生，那時的杜司令是多有豪氣啊！他說是，到時咱高雄就是台灣人的大基地，一切要從這兒開始，從咱這兒開始啊！哈哈！他大笑幾聲。不過過一下子，他的眉頭又再皺起來：只是，輕鬆到手的勝利難免費人疑猜。他說，台北的處委會已經成立，那班貪生怕死的仕紳，不瞭解中國人的胃脾，我怕其中有詐，他們會被他們利用了。唉！咱台灣人要團結才有救啊！他深深嘆口氣。

先生，杜司令確實是深謀遠慮的將才啊！他最後的話竟是實現了。難道這就是咱台灣人的命運？難道這就是嗎？

接下來的二日，我們和學生軍分頭進攻火車站和市政府前面的憲兵隊，對方有機槍，火力很強，我們一直攻不下，而且有幾個人戰死。我們只好再退守回高雄中學。我們開始煩惱，假使一直攻不下，恐怕對方的聲勢會愈大。不知誰去準備了燒酒來，我們竟是哀嘆圍坐在樹下啜起來了。

總司令，何不考慮直搗黃龍呢？

說話的是一個台灣人警察王氏，他本在警察局服務，幾日前我們攻入警察局時，他加入我們的陣營。他所說的直搗黃龍就是叫杜司令直接攻上壽山賊寨。

不可輕舉妄動，目前咱連憲兵隊都攻不下，若直攻壽山，不免赴死。

在這裏和他們死纏爛打，怎麼會是辦法？面對杜司令的猶

值遮合殷綿死爛打，咁會是辦法？面對杜司令ｅ躊躇，王氏
繼續講，要趁殷猶未準備妥當，出奇致勝才是上策。何不兵分二
路，一路攻壽山，一路埋伏值市區，當壽山要塞受敵，市區ｅ部
隊必定要受命支援，咱即時會凍將殷夾擊值半路，杜兄認爲如
何？中國兵ｅ虛實我是清楚ｅ，實際上，殷是欠缺訓練ｅ烏合之
衆，杜兄大有謀略，必建奇功。

必建奇功？杜司令ｅ面出現光彩，嗯，是啊，是啊，王兄講
得是。只是，壽山地勢崎峭複雜，而且咱ｅ槍藥無夠，我無把
握。王兄咁有啥想法？

王氏講，杜兄，高雄要塞有台灣人警察林某，我事先已經安
搭好勢，可做內應，兄可假談判之名，上山伺機合伊聯絡探聽情
報，可免兄掛慮。近日仕紳值市政府召開處委會，言說卜合彭孟
緝賊頭談判，黃市長值其中別有所圖，行雙面計，咱必須積極參
與，將計就計，設使兄會使合黃市長做夥上山，必然安全無慮。
以愚弟對彭孟緝ｅ認識合理解，伊乃是貪生怕死之徒，兄ｅ軍威
凜凜，彭必不敢對兄動手，如果順利，咱有機會不費吹灰之力，
釋彭ｅ兵權，夠時咱道有高雄要塞成做基地。杜兄認爲如何？

喔！哈哈哈！王兄所言甚是！你是我ｅ子房，我ｅ子房啊！
就安呢辦！就安呢辦！

杜司令將伊ｅ酒杯捧起來，先生，道值寒風掃落之時，阮乾
杯咯！予焦啦！返豪情啊，返壯志啊！親像一腹火燒起來。拚
啊！拚落去啊！阿永仔竟是唱起日本海軍ｅ軍歌，我嘛綴伊唱，
我嘛綴伊大聲唱落啊！（伊ｅ目箍有淚珠閃熠）

豫，王氏繼續說，要趁他們還未準備妥當，出奇致勝才是上策。
何不兵分二路，一路攻壽山，一路埋伏在市區，當壽山要塞受
敵，市區的部隊必定要受命支援，咱這時可將他們夾擊在半路，
杜兄認為如何？中國兵的虛實我是清楚的，實際上，他們乃是欠
缺訓練的烏合之衆，杜兄大有謀略，必建奇功。

　　必建奇功？杜司令的臉出現光彩，嗯，是啊，是啊，王兄說
得是。只是，壽山地勢崎峭複雜，而且咱的槍藥不夠，我沒把
握。王兄可有什麼想法？

　　王氏說，杜兄，高雄要塞有台灣人警察林某，我事先已經安
排妥當，可做內應，兄可假談判之名，上山伺機和他聯絡探聽情
報，可免兄掛慮。近日仕紳在市政府召開處委會，言說要和彭孟
緝賊頭談判，黃市長在其中別有所圖，行雙面計，咱必須積極參
與，將計就計，設使兄可以和黃市長一起上山，必然安全無慮。
以愚弟對彭孟緝的認識和理解，他乃是貪生怕死之徒，兄的軍威
凜凜，彭必不敢對兄動手，如果順利，咱有機會不費吹灰之力，
釋彭的兵權，到時咱就有高雄要塞做爲基地。杜兄認爲如何？

　　喔！哈哈哈！王兄所言甚是！你是我的子房，我的子房啊！
就這樣辦！就這樣辦！

　　杜司令將他的酒杯端起來，先生，就在寒風掃落之時，我們
乾杯了！予焦啦！那豪情啊，那壯志啊！像是一團火燒起來。拚
了！拚下去啊！阿永仔竟是唱起日本海軍的軍歌，我也跟他唱，
我也跟著他大聲唱了！（他的眼眶有淚珠閃爍）

　　就在那夜，我們的部隊來到壽山外圍，開始連夜對壽山開

道值彼暝，阮 e 部隊來夠壽山外圍，開始連夜對壽山彈槍，目的卜威嚇彭孟緝，卜逼彭孟緝合阮談判。

隔轉日，道是三月五日，彭孟緝位壽山對市區打砲。伊答應談判，市處委會值市政府緊急開會，擬好條文卜上山。談判 e 代表由黃市長 chhoa⁷ 隊，杜司令嘛值其中。

三月初六，殷上山咯。阮值山下市政府附近待命，等候消息。不過，道值中晝 e 時刻，阮聽著鼓吹聲位壽山頂傳來，轟轟 e 軍卡聲接近。達達達，達達達達！先生，道是即個時陣啊，一台接一台 e 軍卡直接駛位市政府來。達達達，達達達達！槍聲響起，先生，阮 e 部隊四散逃走去。

慚愧？喔，先生，我未凍無愧，嘸過，咁講要阮認錯？遐是閻羅王 e 笑聲啊！

（伊 e 頭快低。）

訪問六：台灣人警察王氏

（伊恬恬，真久 e 時間無願意講話，親像有真深 e 顧慮。）

喔！我先問你，你卜怎樣相信我講 e 道是事實？或者講，你卜安怎相信任何一個人講 e 道是事實？

甚至，咱 e 記智內面咁無可能有咱家己相信 e 白賊話？

你會想辦法判斷？嘿嘿，這咁有可能？

坦白講，我無認為予日本人管道卡輸予中國仔管。這嘸干擔是我 e 看法，我知影真濟人合我有全款 e 看法。所以，我所做 e 代誌，我相信恁嘛一定會理解。

槍，目的要威嚇彭孟緝，要逼彭孟緝和我們談判。

隔日，就是三月五日，彭孟緝從壽山向市區開砲。他答應談判，市處委會在市政府緊急開會，擬好條文要上山。談判的代表由黃市長帶隊，杜司令也在其中。

三月初六，他們上山了。我們在山下市政府附近待命，等候消息。不過，就在中午的時刻，我們聽到喇叭聲從壽山上傳來，轟轟的軍卡聲接近。達達達，達達達達！先生，就是這個時候啊，一輛接一輛的軍卡直接駛向市政府來。達達達，達達達達！槍聲響起，先生，我們的部隊四散逃走了。

慚愧嗎？喔，先生，我不能不慚愧，不過，難道要我們認錯？那是閻羅王的笑聲啊！

（他的頭掩低。）

訪問六：台灣人警察王氏

（他靜靜的，很久的時間不願意說話，像是有很深的顧慮。）

喔！我先問你，你要怎樣相信我說的就是事實？或者說，你要怎麼相信任何一個人說的就是事實呢？

甚至，我們的記憶裏難道不可能有我們自己相信的謊話嗎？

你會想辦法判斷？嘿嘿，這怎麼可能？

坦白說，我不認爲被日本人管就輸給讓中國人管。這不只是我的看法，我知道很多人和我有同樣的看法。所以，我所做的事，我相信你們也一定會理解。

復仇？喔……

你要知影，仲井警部，伊真照顧我，伊對待部下親像兄弟啊！彼時我是潮洲警察署 e 一個小小警員，厝裏真散赤，阿我 e 老母得著重病，恐驚是未活啊！我值門口徛哨 e 時，想著這一切，道流出著我男兒 e 目屎。是啊，當仲井警部出現值我 e 面前 e 時，我竟然完全無注意著，我為我 e 失職感覺虧欠咯。嘸過仲井警部並無責備我，伊甚至關心我，當我講出阮老母 e 病情，伊竟然搭我 e 肩胛頭，叫我免煩惱，要我緊送阮老母去病院，醫藥費伊會想辦法。是啊，先生，即款 e 恩情，怎樣會使放未記？雖然落尾，我 e 老母猶是病死在病院 e 床頂，不過即份情，我是要報答 e 啊！我 e 老母卜死睛前，嘛交代我即件代誌。

只是過無外久，日本戰敗啊。

道值 1946 年 e 新年，我聽著仲井警部予人謀殺 e 消息。先生，值簡單寒酸 e 告別式，你若看見仲井夫人合伊 e 三個子兒，你嘛會合我全款鼻頭酸。彼時，我道咒詛要揣出兇手替伊報仇。

是啊，天理確實昭昭，落尾我竟然查出來，兇手確實道是杜某某。

以暴制暴？先生，你言重咯。畢竟我是冒我生命 e 危險啊！而且，我並無動刀動槍。1946 年 e 三月，我揣著機會調往高雄市警察局，因為我知影杜某某人值靴，我 e 目的道是卜揣機會完成我 e 志願。而且，值彼個時陣，濟濟 e 日本警察要被遣送轉去日本，餞別會上，殷對我 e 寄望是遮呢仔深啊！日本警察 e 嚴格訓練予我受著當時童局長 e 重用，我時常綴值伊 e 身軀邊。即個

復仇嗎？喔……

你要知道，仲井警部，他很照顧我，他對待部下像是兄弟啊！那時我是潮洲警察署的一個小小警員，家裏赤貧，而我的老母親得到重病，恐怕是難活了！我在門口站哨時，想到這一切，就流出了我男兒的眼淚。是啊，當仲井警部出現在我的面前時，我竟然完全沒注意到，我為我的失職感覺虧欠了。不過仲井警部並沒責備我，他甚至關心我，當我說出我老母親的病情，他竟然拍著我的肩膀，叫我別煩惱，要我快送我的老母親去醫院，醫藥費他會想辦法。是啊，先生，這般的恩情，怎麼能忘？雖然最後，我的老母親還是病死在醫院的床上，不過這份情，我是要報答的啊！我的老母親死前，也交代我這件事。

只是過沒多久，日本戰敗了。

就在 1946 年的新年，我聽見仲井警部被人謀殺的消息。先生，在簡單寒酸的告別式，你若看見仲井夫人和他的三個兒子，你也會和我同樣鼻酸的罷。那時，我就詛咒要找出兇手替他報仇。

是啊，天理確實昭昭，最後我竟查出來，兇手確實就是杜某某。

以暴制暴嗎？先生，你言重了。畢竟我是冒我生命的危險啊！而且，我並沒動刀動槍。1946 年的三月，我找到機會調往高雄市警察局，因為我知道杜某某人在那裏，我的目的就是要找機會完成我的心願。而且，在那個時候，很多的日本警察要被遣送回去日本，餞別會上，他們對我的寄望是這麼深啊！日本警察

童局長，性好漁色，貪污腐敗，不過，伊合杜某某是死對頭，這當然對我 e 復仇是有好處 e。童局長三番兩次卜揣杜某某 e 麻煩，只不過杜某某是一個角色，攏無法度如意。

閣隔年，二二八爆發，市面亂起來咯。三月初三拄好是高雄市新科參議員就職 e 日子。暗暝，黃市長邀請議員吃飯，順續邀請童局長，做夥參詳解決之道。即場飯局我有參加，是擔任護衛隊 e 一員。黃市長合童局長坐值全一桌，我徛值童局長後面待命。誰知影飯吃夠一半，外面道吵吵鬧鬧起來，親像有真濟人來。當我行出去 e 時，童局長 e 烏頭仔車已經燒起來，歸個街仔路擠滿滿卜鬧事 e 群眾。有其他 e 警員開槍示警，嘸過已經未赴。我聽著幾聲：「衝啊！衝啊！打倒貪官！」然後群眾道衝入來。因為人實在傷濟，我緊幹身保護童局長合市長位後尾門逃走。阮直接走位警察局去。童局長命令所有員警武裝待命。

值局長室，黃市長對童局長講：「總不能讓少數暴民擾亂了一般民眾的生活，局長，你是知道的，這是我身為市長的責任了。我今天早上有聯絡了要塞的彭司令，必要的時候，請他出面平亂。」

童局長講：「哦？那彭司令怎麼說？」

「彭司令的意思是，他乃負責要塞守備，不負責市區治安。況且他也還沒準備好。他說治安的事還是交給警察局。童兄，你有幾分把握？」

「這個嗎？」

先生，若我講童局長是鼠輩，你應該未反對？即個時陣，童

的嚴格訓練讓我受到當時童局長的重用，我時常跟在他的身邊。這個童局長，性好漁色，貪污腐敗，不過，他和杜某某是死對頭，這當然對我的復仇是有好處的。童局長三番兩次要找杜某某的麻煩，只不過杜某某是一個角色，都無法如意。

　　再隔年，二二八爆發，市面亂起來了。三月初三正好是高雄市新科參議員就職的日子。夜晚，黃市長邀請議員吃飯，順便邀請童局長，一起討論解決之道。這場飯局我有參加，乃是擔任護衛隊的一員。黃市長和童局長坐在同一桌，我站在童局長後面待命。誰知道飯吃到一半，外面就吵吵鬧鬧起來，像是有很多人來了。當我走出去時，童局長的黑頭車已經燒起來，整條街擠滿滿的是要鬧事的群眾。有其他的警員開槍示警，不過已經來不及。我聽見幾聲：「衝啊！衝啊！打倒貪官！」然後群眾就衝進來。因為人實在太多，我趕緊轉身保護童局長和市長從後門逃走。我們直接跑向警察局去。童局長命令所有員警武裝待命。

　　在局長室，黃市長對童局長說：「總不能讓少數暴民擾亂了一般民眾的生活，局長，你是知道的，這是我身為市長的責任了。我今天早上有聯絡了要塞的彭司令，必要的時候，請他出面平亂。」

　　童局長說：「哦？那彭司令怎麼說？」

　　「彭司令的意思是，他乃負責要塞守備，不負責市區治安。況且他也還沒準備好。他說治安的事還是交給警察局。童兄，你有幾分把握？」

　　「這個嗎？」

局長 e 面色躊躇起來，伊直直晃頭講：「維護治安呢，當然是我們警察單位的責任，這是責無旁貸的，只是呢，恐怕……唉！市長，我是擔心……若有彭司令的支援，那當然是挺好的。」

市長講：「局長，我今天可是和司令談了很久，他是有他的顧慮……唉，你知道，他是只願打必勝的仗。」

「必勝的仗？這個嗎……」童局長閣晃一個頭。

這道是機會咯，先生。道是即時陣，我俠[aN³]身值童局長 e 耳孔邊講：「局長，恕我冒昧。屬下有一計……」

是啊，先生，正是擒賊擒王之計啊。局長開嘴大笑直直呵咾我，然後將我 e 計謀給市長講，市長嘛點一個頭。你想賊王是誰？當然啊，道是杜某某咯。

想未夠代誌 e 進展遮呢順利。彼暝，黃市長離開警察局無外久，杜某某果然 chhoa⁷ 民眾將警察局包圍，童局長即個鼠輩無啥物抵抗，道投降逃向壽山，然後，我道加入值杜某某 e 隊伍咯。其實我嘛料想未夠彭孟緝 e 手段遮呢殘忍。杜某某若卜怪，道怪伊家己是一個莽夫，或者是仲井警部在天之靈冥冥 e 主意罷。

虧欠？（伊笑一聲）我夠旦無感覺對杜某某有啥物虧欠。如果這算是謀殺，道請你報警將我掠走！（伊伸出伊 e 雙手）

訪問七：杜劍英之女杜春暖

是，我是伊 e 查某子。我 e 阿爸過身 e 時，我是七歲。

位山頂落來 e 人給阮講，我 e 爸爸予殷彈死，未閣轉來啊。

　　先生，若我說童局長是鼠輩，你是不反對的罷？這個時候，童局長的臉色猶豫起來，他一直搖頭說：「維護治安呢，當然是我們警察單位的責任，這是責無旁貸的，只是呢，恐怕……唉！市長，我是擔心……若有彭司令的支援，那當然是挺好的。」

　　市長說：「局長，我今天可是和司令談了很久，他是有他的顧慮……唉，你知道，他是只願打必勝的仗。」

　　「必勝的仗？這個嗎……」童局長再搖一個頭。

　　這就是機會了，先生。就是這時候，我俯身在童局長的耳邊說：「局長，恕我冒昧。屬下有一計……」

　　是啊，先生，正是擒賊擒王之計啊。局長開口大笑一直稱讚我，然後將我的計謀告訴市長，市長也點一個頭。你想賊王是誰？當然啊，就是杜某某了。

　　想不到事情進展這麼順利。那晚，黃市長離開警察局沒多久，杜某某果然帶民眾將警察局包圍，童局長這個鼠輩沒什麼抵抗，就投降逃向壽山，然後，我就加入杜某某的隊伍了。其實我也料想不到彭孟緝的手段這麼殘忍。杜某某若要怪，就怪他自己是一個莽夫罷，或者是仲井警部在天之靈冥冥的主意罷。

　　虧欠嗎？（他笑一聲）我到現在沒感覺對杜某某有什麼虧欠。如果這算是謀殺，就請你報警將我抓走罷！（他伸出他的雙手）

訪問七：杜劍英之女杜春暖

　　是，我是他的女兒。我的阿爸去世時，我是七歲。

　　從山上下來的人告訴我們，我的爸爸被他們打死，不會再回

我綴著媽媽合阿嬤去夠壽山走揣伊 e 屍骨。

有人講，我 e 爸爸埋值山路幹彎 e 一欉茄苳樹下，嘸過阮無揣著彼欉樹。

阮呼喊爸爸 e 名，一聲過一聲，嘸過，只有風吹過樹尾 e 煞煞煞 e 聲回答阮。寒風刺骨 e 夜暗暝，媽媽合阿嬤值樹下掘土，全無發現。落尾，媽媽合阿嬤坐值路邊 e 石頭頂面直直哭。我給媽媽講：我足驚，我足驚 e。

有狗吠 e 聲值樹林裏遠遠倍近來。我夯頭看，樹林裏出現一個人影，眞懸，有闊闊 e 肩胛頭。我給媽媽講：「是爸爸！是爸爸！伊猶未死！伊猶未死！伊來啊！」

阿嬤合媽媽 e 哭聲恬落來，嘛夯頭看。

「誰在那裏？」對方安呢講。

嘸是爸爸 e 聲。伊徛值十步遠 e 所在，我看見伊 e 槍。「妳們要幹什麼？」伊繼續問。

彼隻狗繼續吠，衝晉前，親像卜咬阮，予彼個人揪咧。

媽媽講：「我要找杜劍英，我是他的妻子。他如果活著，我要找到他的人，他如果死了，我要找到他的屍體。」

我感覺媽媽眞勇敢，雖然她 e 聲疲疲揇。

「喔！他死了！你們走吧！」彼個人安呢講，口氣無像晉前靴呢歹。

「那他埋在哪裏？求你說一下。」

「這位女士，我也不知道。不過，如果妳們被別人發現了會有危險。快走吧！」

來了。

我跟著媽媽和阿嬤到壽山找他的屍骨。

有人說，我的爸爸埋在山路轉彎的一棵茄苳樹下，不過我們沒找到那棵樹。

我們呼喊爸爸的名字，一聲又一聲，不過，只有風吹過樹梢的煞煞煞的聲音回答我們。寒風刺骨的夜晚，媽媽和阿嬤在樹下掘土，一無發現。後來，媽媽和阿嬤坐在路邊的石頭上一直哭。我告訴媽媽：我好怕，我好怕啊。

有狗吠聲在樹林裏遠遠靠近。我舉頭望，樹林裏出現一個人影，很高，有寬寬的肩膀。我告訴媽媽說：「是爸爸！是爸爸！他還沒死！他還沒死！他來了！」

阿嬤和媽媽的哭聲靜下來，也轉頭看。

「誰在那兒？」對方這麼說。

不是爸爸的聲音。他站在十步遠的地方，我看見他的槍。「妳們要幹什麼？」他繼續問。

那隻狗繼續吠，衝向前，像是要咬我們，被那個人扯著。

媽媽說：「我要找杜劍英，我是他的妻子。他如果活著，我要找到他的人，他如果死了，我要找到他的屍體。」

我感覺媽媽很勇敢，雖然她的聲音顫抖著。

「喔！他死了！你們走吧！」那個人這樣說，口氣不像之前那麼兇。

「那他埋在哪裏？求你說一下。」

「這位女士，我也不知道。不過，如果妳們被別人發現了會

阿嬤閣哭出來啊,她哭加趴值土腳:「先生!嗚……你好心
咧,我干擔即個子,你好心咧,給阮講一聲……」

彼個人大聲講:「喂!我真的想告訴妳們,不過我真的不知
道。別不識好歹,快走!」

道值即個時陣,阮聽見有其他 e 人嘛位樹林來。彼個人對天
頂彈一槍,講:「再不走,我就把妳們抓起來!」

道安呢?阮一暝過一暝,只有失望離開。

喔,你問我續落來 e 日子?是,你是講我 e 媽媽所受 e 委屈
合侮辱……啊!先生,真感謝你願意同情,不過我想,恁永遠無
法度瞭解她每一日 e 生活,她是安怎值侮辱之中 thi² 開目睭;
每一日,值四周圍閃避 e 眼神之中喘氣 e;每一日閣一日,用她
歸身軀 e 氣力維持阮 e 生活……我干擔請你記落來,我有一個偉
大 e 媽媽,偉大 e 媽媽啊……(她目箍紅頁頁)

閣有我 e 阿嬤,她是靴呢傷心。不過佳哉,上帝派一位牧師
來夠阮兜,伊為阿嬤洗禮,最後她值上帝 e 疼愛中得著安息。她
嘛 chhoa⁷ 阮上教會,阮綴她唱教會 e 聖詩「踏出罪惡烏暗 e 交
界」,退予阮真大 e 安慰。

幾年前她過身去囉,值卜死晉前她握我 e 手,給我講:「阿
暖仔,阿嬤真嘸甘恁,自細漢恁道遮呢辛苦。恁一定要會記,全
世界 e 烏暗,攏無才調予一葩微微 e 燈仔火化去。恁道是上帝 e
光,要會記,要會記。」夠且,我猶時常想起。

是啊,我向望慈疼 e 天爸上帝,會凍光照值即個島嶼每一個
人 e 內心,予被害者得著溫暖,予加害者悔改。先生,我是外呢

有危險。快走吧！」

　　阿嬤又哭出來了，她哭得趴倒在地：「先生！嗚……你行個好吧，我只有這個兒子，你行個好吧，告訴我們一聲……」

　　那個人大聲說：「喂！我真的想告訴妳們，不過我真的不知道。別不識好歹，快走！」

　　就在這個時候，我們聽見有其他的人也從樹林來。那個人對天開一槍，說：「再不走，我就把妳們抓起來！」

　　就這樣？我們一夜又一夜，只有失望離開。

　　喔，你問我之後的日子？是，你是說我的媽媽所受的委屈和侮辱……啊！先生，真感謝你願意同情，不過我想，你們永遠無法瞭解她每一天的生活，她是怎麼在侮辱之中睜開雙眼；每一天，在四周圍閃避的眼神之中喘氣的；每一天又一天，用她全身的力量維持我們的生活……我只能請你記下，我有一個偉大的媽媽，偉大的媽媽啊……（她眼眶紅通通的）

　　還有我的阿嬤，她是那麼傷心。不過幸好，上帝派一位牧師來到我們家，他為阿嬤洗禮，最後她在上帝的疼愛中得著安息。她也帶我們上教會，我們跟著她唱教會的聖詩「踏出罪惡黑暗的交界」，那給了我們很大的安慰。

　　幾年前她過世了，在死前她握我的手，告訴我：「阿暖，阿嬤真捨不得你們，從小你們就那麼辛苦。你們一定要記著，全世界的黑暗，都不能讓一點微微的燈火熄滅。你們就是上帝的光，要記著，要記著。」到現在，我還時常想起。

　　是啊，我希望慈愛的天父上帝，可以光照在這個島嶼每一個

向望會使看著加害者悔改，轉向上帝。嘸過，你要知影，高雄屠
夫彭孟緝夠旦一無悔改。伊所講 e 話全是白賊。若有機會，我卜
給講，總有末後 e 一日，伊要徛值上帝 e 寶座頭前接受審判。

　　　※　　　　　※　　　　　※

　　最後 e 記智？喔，你問我對爸爸最後 e 記智？
　　我定定想起著彼暝伊 e 形影。遐是一個我受著風寒 e 暗暝。
伊入門來，我看見伊懸強 e、親像永遠未予人打敗 e 身軀。伊將
伊烏色絨質 e 帽仔掛值衫架。伊將我攬咧，坐值榻榻米 e 眠床
頂。伊挲我 e 頭殼，用溫柔 e 聲音唱一首日本 e 囝仔歌予我聽。
其實我聽無，因為我是值中國出世 e，未曉聽日本話。不過我位
伊溫柔 e 聲音內面聽出伊 e 悲傷，道親像秋天黃昏 e 風，輕輕仔
吹值我 e 面。後來我問阿嬤，才知影彼條歌號做「Aka-To-
nbo」，道是「紅色田嬰」，是伊做囝仔 e 時，阿嬤唱予伊聽 e。
落尾阿嬤嘛教我唱，我每一擺唱，攏想起我 e 阿爸。

夕焼小焼の　赤蜻蛉	黃昏夕陽 e　紅色田嬰
負われて見たのわ　いつのい日か	是我予姊姊揹值腳脊胼頂所見 e　值彼一時
山の畑の　桑の実お	山崙 e 田園　有桑穗纍纍
小かごに摘んだわ　まぼろしか	阮挽入值小小攜籃　親像夢境

人的內心，讓被害者得著溫暖，讓加害者悔改。先生，我是多麼
希望可以看見加害者悔改，轉向上帝。不過，你要知道，高雄屠
夫彭孟緝到現在一無悔改。他所說的話全是謊話。若有機會，我
要告訴他，總有末後的一日，他要站在上帝的寶座前接受審判。

　　　※　　　　　※　　　　　※

　　最後的記憶？喔，你問我對爸爸最後的記憶嗎？

　　我常常想起那一夜他的形影。那是一個我受到風寒的夜晚。
他進門來，我看見他高大的、像是永遠不會被人打敗的身軀。他
將他黑色絨質的帽子掛在衣架。他將我抱著，坐在榻榻米的床
上。他撫著我的頭，用溫柔的聲音唱了一首日本的童謠給我聽。
其實我聽不懂，因爲我是在中國出生的，不懂日本話。不過我從
他溫柔的聲音裏聽出了他的悲傷，就像是秋天黃昏的風，輕輕地
吹在我的臉。後來我問阿嬤，才知道那首歌叫做「Aka-Tonbo」，
就是「紅色蜻蜓」，是他童年時，阿嬤唱給他聽的。之後阿嬤也敎
我唱，我每一次唱，都想起我的阿爸。

夕焼小焼の　赤蜻蛉	黃昏夕陽的　紅色蜻蜓
負われて見たのわ　いつのい日か	是我被姊姊揹在背上所見的　在當時
山の畑の　桑の実お	山崙的田園　有桑穗纍纍
小かごに攬んだわ　まぼろしか	我們摘採小小攜籃　像是夢境

　　殷講我 e 爸爸是暴徒，這我是未凍理解 e。假使會使，假使會使，我卜用一切來換阮阿爸彼一暝 e 歌聲……喔！爸爸……（她擦目屎，繼續唱）

十五でねえやわ　嫁にゆき　　　十五歲 e 姊姊啊　嫁遠遠去
お里のたよりも　たえはてた　　　離開故鄉 e 她　全無消息

夕焼小焼の　赤蜻蛉　　　　　　黃昏夕陽 e　紅色田嬰
とまっているよ　竿の先　　　　恬靜停歇　值竹篙尾頂

　　我祈禱咱所徛在 e，是一個和平 e 島嶼，有上帝 e 疼愛成做咱合咱子孫生命 e 石磐。先生，我有眞深眞深 e 向望，向望爸爸 e 死，對即個島嶼嘸是全無意義。

　　（她合掌祈禱，目屎位她堅定 e 面輪落來。）

――2005.1.16

　　他們說我的爸爸是暴徒，這我是不能理解的。假使可以，假使可以，我要用一切來換我阿爸那一夜的歌聲……喔！爸爸……
（她擦眼淚，繼續唱）

| 十五でねえやわ　嫁にゆき | 十五歲的姊姊啊　嫁很遠了 |
| お里のたよりも　たえはてた | 離開故鄉的她　全無消息 |

| 夕燒小燒の　赤蜻蛉 | 黃昏夕陽的　紅色蜻蜓 |
| とまっているよ　竿の先 | 安靜停歇　在竹竿上 |

　　我祈禱我們所站穩的，是一個和平的島嶼，有上帝的疼愛成爲我們和我們子孫生命的磐石。先生，我有很深很深的願望，希望爸爸的死，對這個島嶼不是全無意義。

　　（她合掌祈禱，眼淚從她堅定的臉龐滾下來。）

——2005.1.16

國家圖書館出版品預行編目資料

槍聲：臺語小說集／胡長松著. -- 初版. --
　台北市：前衛，2005〔民94〕

　　240面；21×15公分.

　　ISBN 957－801－470－8(平裝)

850.3257　　　　　　　　　　　　　　　94007178

《槍聲》

著　　者／胡長松
責任編輯／陳金順
內文編排／郭美鑾

前衛出版社
地址：112台北市關渡立功街79巷9號1樓
電話：02-28978119 傳眞：02-28930462
郵撥：05625551 前衛出版社
E-mail：a4791@ms15.hinet.net
Internet：http://www.avanguard.com.tw

出版總監／林文欽
法律顧問／南國春秋法律事務所・林峰正律師

凌域國際股份有限公司
地址：台北縣五股工業區五工五路38號7樓
電話：02-22983838 傳眞：02-22981498

出版日期／2005年10月初版第一刷

定價／250元

查 補 條	
中部(股)公司 TEL:(04)22379911 FAX:(04)22371711	
店 名	
B11106　04	
宏-溪湖	
出 版 社	
衛	
I S B N	
789578014701 00250	
書 名	
聲-凌域	
價	250
期	2005/10/08
量	2　　－1